2
即死チートが最強すぎて、異世界のやつらがまるで相手にならないんですが。
藤孝剛志
Illustration 成瀬ちさと

contents

ACT1

ACT2

Character

Tomochika Dannoura

高校二年生。夜霧のクラスメイト。見た目は美少女で胸も結構大きいが、言動で残念がられているツッコミ担当。夜霧と同じく《ギフト》のインストールは受け付けなかったが、壇ノ浦流弓術という弓術から派生した古武術を習得している。

Yogiri Takatou

高校二年生。常にやる気なさそうな感じで学校では寝てばかりいたが、真剣な表情をすると、意外とイケメン。この世界特有の力《ギフト》のインストールは受け付けなかったが、元の世界にいた時から《即死能力》を持っていた。別名AΩ《アルファオメガ》。

Asaka Takatou

難航していた就職活動中、『独立行政法人高次生命科学研究所』という怪しげな研究所の面接を受け、そのままなし崩し的に就職してしまった女子大生。長い髪を普段は後ろでまとめて一括りにしている。就職先でAΩ《アルファオメガ》と出会い、夜霧と名付けた。

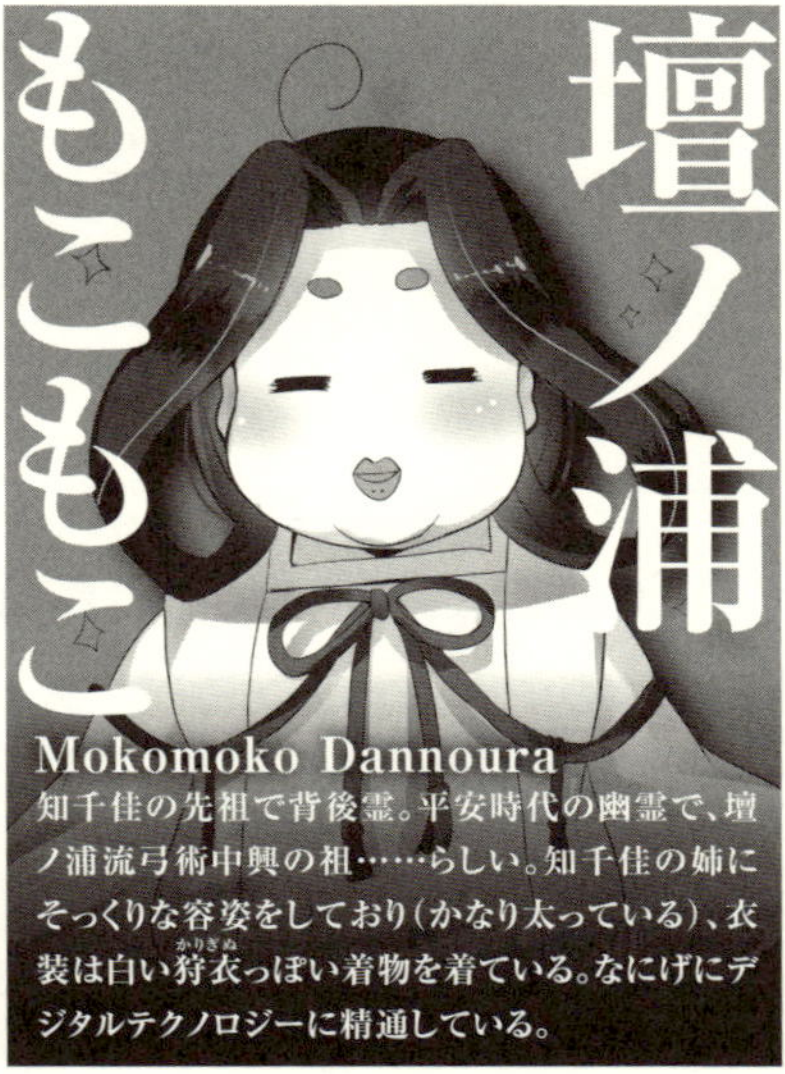

Mokomoko Dannoura

知千佳の先祖で背後霊。平安時代の幽霊で、壇ノ浦流弓術中興の祖……らしい。知千佳の姉にそっくりな容姿をしており(かなり太っている)、衣装は白い狩衣《かりぎぬ》っぽい着物を着ている。なにげにデジタルテクノロジーに精通している。

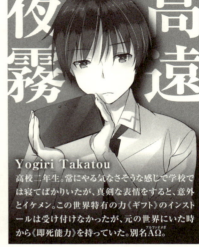

Lain

〝この世界を守っている〟賢者たちの一人で、最上位の吸血鬼だったが、〝死ねない〟ことや諸々の柵《しがらみ》に嫌気がさしていて、夜霧に殺されることをむしろ望んで戦いを挑み、死ぬ。その一方、少女の姿に調整した自らの複製を残し、願いを託した。

Sion

夜霧たちのクラスをバスごとこの世界に召喚した賢者。見た目は二十歳程度。白いドレスを着ているが魔法少女のコスプレのように見える。自身も昔召喚されて冒険の末賢者になったのだが、絶大な力を持った影響で感性がズレてしまっている。

Daimon Hanakawa

夜霧たちのクラスメイト。以前も召喚されたことがあり、回復術士《ヒーラー》としては最高レベルの九十九だが、これは人間としての種族限界で、この世界ではそれほど強くはない。小太りなオタクで、ござる口調で喋る。それとは別に、性癖がキモイ。

Eufemia

夜霧たちのクラスメイトの橘《たちばな》裕樹《ゆうき》に、その能力で隷属させられていた、半魔の少女。裕樹が夜霧と敵対して死んだ後、侵略者《アグレッサー》を追っていたレインと遭遇し、血を吸われて眷属となる。髪は長く銀色で、肌は褐色、白いドレス風の服を着ている。

即死チートが最強すぎて、異世界のやつらがまるで相手にならないんですが。

ACT 1

1話　なんで君たちはそう無邪気なんだろう

魔獣の森。

獣王が支配するとされるその森を、一人の少女が歩いていた。

髪が短く少年のような格好をした少女だ。しかしそれが男装のつもりならまるで意味はないだろう。女らしい体付きをまるで隠せてはいないからだ。

少女は、木漏れ日の中をのんきな様子で歩いていた。腰につけたナイフ以外に武装はしておらず、他に荷物も持ってはいない。

この森を知る者なら正気を疑う光景だった。森そのものはさほど険しいわけではない。木もまばらで十分に明るいし、地面は平坦だ。

だが、ここには魔獣がいる。森に一歩踏み込めばそこは人外の領域。人などたちまち食い殺される。

だというのに、少女はそんなことを気にしている様子がまるでなかった。

「なんであいつらはこんなところにひっこむんだろう?」

『都市部にいながら面倒には関わりたくないなどと言う輩《やから》よりは、森の奥でスローライフを送りたいと言う輩の方がまだ理解できるがな』

　面倒くさい。そう言わんばかりの少女に声が応《こた》えた。

　あたりには誰もいない。その声は少女の腰のあたり、ナイフから聞こえていた。

「この間の奴のこと？　面倒はごめんだ、とか言いながら街に屋敷を構えて貴族にまで成り上がってたよね。たしかに意味がわからないけど、ボクとしてはそっちの方が楽でいいよ」

『だが、ここは隠れ家としては最適だろうな。なにせここには滅多なことでは人がやってこない』

「で、そんな森の中で人がどうやって暮らしてるのかな」

『単純なことだろう。魔獣は己より強いとわかりきっている者を襲おうとはせぬ』

　森には魔獣の気配が満ちている。

　だが、それらは遠巻きに少女を見ているだけだった。

　少女がしばらく歩いていると開けた場所に出た。

　まず目に入ったのは水田だ。見渡す限り黄金の稲穂が揺れていた。

「地図にはこんな馬鹿でかい空き地は書いてなかったよね」

『切り拓いたのだろう。それでも魔獣との間で不可侵の協定が成立しているのなら、ここの住人は並々ならぬ実力の持ち主ということになるな』

「そんなの関係ないってわかってて言ってるんだろ。でもいいよね、これ。やっぱり日本人には米だよね」

ここには水田だけではなく、畑や牧場まであった。これを作った者は、本気で自給自足をするつもりらしい。

当然、この巨大な農園を一人で管理できるわけもなく、あたりには農作業に従事している者たちの姿があった。

「なんで全員、女の子なんだろうね。しかもエルフばっかり」

ここにいるのは見目麗しい少女ばかりだった。大半はエルフのようだが、中には獣耳が頭部にある者や、背に蝙蝠《こうもり》に似た翼を生やした者などもいる。

『趣味なのだろう』

「どいつもこいつも、エルフをお嫁さんにしてさ。なんなんだろ、こんな人間もどきのどこがいいんだろうね」

『俺はお前の方が美しいと思う』

「ありがと。ま、それはともかく。ねえ、君。この一帯の管理者はいるかな」

少女は手近なところにいたエルフに話しかけた。

「え？　その、どうやってここまで来たんですか？」

エルフの少女は急に話しかけられてひどく驚いていた。まさかここまでやってくる者がいるとは思っていなかったのだろう。

「歩いて。でも、何人かはここにやってきた人もいたと思うけど？」

さすがに魔獣が支配する森の中に道など整備されてはおらず、乗り物を利用することはできなかった。

「いえ、私は知りませんけど。……ご主人様にご用なんですか？」

「うん。ご用なんだ。呼んでくれてもいいし、場所を教えてくれるだけでもいいけど」

「では、私がご案内します」

作業の手を止めたエルフの少女が先導してくれることになった。

向かう先は遠目でもわかるほど大きな屋敷だ。これなら案内の必要はないかもしれない。

「ねえ。ボクが言うのもなんだけどさ、突然やってきた怪しい奴をご主人様のところに連れていっていいの？」

「はい、特に問題はないと思いますよ。ご主人様に何かできる人なんていませんから」

エルフが余裕の笑みを浮かべた。主人に全幅《ぜんぷく》の信頼を抱《いだ》いているのだろう。

しばらく歩くと、何事もなく屋敷の前に到着する。すると、呼びかける前に扉が開き、屋敷の中から一人の青年があらわれた。よそ者が来たことにはとっくに気付いていたようだ。

「あのさ、何回こられても変わらないんだけど？　賢者だっけ？　そんなめんどくさいもんやるわけないだろ」

青年は日本人だった。中肉中背で、平凡な容姿の男だ。取り立てて華美な服装はしていないが、腰には長剣を差している。

彼は、はぐれ賢者だ。賢者並みの力を持ちながら、賢者に与《くみ》せず気ままに暮らす者たちのことをアオイたちはそう呼んでいる。

「安心してよ、ボクで最後だから。一応話は聞いてもらっても？」

「いいぜ。何を言われても俺の気持ちは変わんないけどな。話が終わったらさっさと帰れよ？」

青年は、飽き飽きだと言わんばかりの態度だった。

「まずは確認なんだけど、サイトウリクトくんで間違いないよね」

「その通りだよ。で、あんたはハヤノセアオイか。へぇ、とうとう賢者様直々のお出ましってことかよ」

リクトはアオイの驚く顔でも見たかったのだろう。だが、アオイは自己紹介の手間が省けたとしか思わなかった。この程度のことができるのは最初からわかっていたからだ。

「勧誘にきたわけだけど、勧誘文句は前回までと同じだから省かせてもらうよ。三回目の今回だけ違う点について話そう。今回断った場合は、君を始末することになる」

「……ぶっ、あはははははっ！」

リクトがたまらないとばかりに吹き出した。そのまま笑いが止まらず、咳き込み続けている。

「始末だってさ。笑えるよな、レイラ。こんなに面白かったのは久しぶりだ」

ひとしきり笑った後。リクトはアオイの隣にいるエルフの少女に同意を求めた。

「いえ、笑えませんよ……あなた！　何を言ってるんですか！　早く謝ってください！　リクトさんを怒らせたらとんでもないことになるんですよ!?」

「ま、これは念のための確認ってやつなんだけど、勧誘は断るってことでいいのかな？　その瞬間、君はボクの敵ってことになるんだけど」

アオイはレイラには応えず、リクトに確認した。もう答えているようなものだが、まだ勧誘の結果は定かではないからだ。

「お断りだ」

「そうかい」

アオイは微笑《ほほえ》んだ。最初から殺す気だったし、今さら賢者になると言われても困ると思っていたところだった。

「あー、ちょっと待ってくれよ。あんたじゃ俺には勝てないだろ。実力差はわかってるんだよな？　俺は世界最強の力を神にもらってここにきてるんだけど」

「スペックのことを言ってるなら、確かにボクの方が弱いね」

アオイは森の魔獣に恐れられる程度の力は持っている。だが、賢者の中では非力な方だった。

「これまでのケースを考えるとさ、何を言っても結局襲われて、適当にあしらうことになるんだけど、やめとかね？　わかりきった勝負なんてめんどくさいだけだろ。それとも何？　俺のハーレムに入りたいってこと？　ここにいる奴らの大半は俺を襲ってきた奴なんだけど」

「めんどくさいってのは同感だけど、これも仕事だからね」

「もしかして人質を取るつもりならやめとけよ？　俺を本気で怒らせるだけだからな」

リクトがちらりとレイラを見た。

「ああ、その心配はしなくてもいいよ。ターゲットは君だけだ。極力無関係の者を巻き込むつもりはない。そういうわけだから、レイラくんは少し離れていてくれるかな」

レイラがリクトの様子を窺《うかが》う。リクトが黙って頷き、レイラは距離をおいた。

アオイはあたりを見回した。周辺にいるリクトの手下たちは、手を止めてこちらを見てはいるが心配している様子はまるでない。こんなことは日常茶飯事なのだろう。

「そこまでの戦いになるとも思えないけどな。その自信ってあんたの魔眼のせい？　言っとくけど、石化も魅了も効かないからな」

「ああ、ボクの眼は運命の中で揺蕩《たゆた》っているから、君の能力じゃ詳しいことはわからないんじゃないかな。これは英雄殺しの眼だ。物騒な名前だけど、基本的には観《み》るだけの能力だよ」

「へえ、英雄ね。俺みたいなのと戦うのに使うわけ？」

「君は英雄じゃないから、気にしなくていいよ」

そう言うとリクトはあからさまに気分を害した様子を見せた。飄々《ひょうひょう》とした風を装ってはいるが、そう器が大きいわけでもないのだろう。

「あのさ、そこらで農作業をやってる子たちが何だかわかる？　この森を支配者してる獣王とか、龍神の化身とか、魔王とかなんだぜ？」

だから英雄だと言いたいのかもしれないが、こんな森の奥にひきこもっているような者を、アオイは英雄だなどと認めはしない。

「言い合ってても仕方がないから、さっさと始めようか」

「ま、死なない程度にこらしめてやるよ」

途端に、アオイの周囲の地面から何かが飛び出した。

肌色をした紐《ひも》状のものだ。何本ものそれは表皮をぬらぬらと輝かせ、分泌液をしたたり落としている。

「初手が触手ってなんだよそれ。発想が気持ち悪いよね」

それでアオイを搦《から》め捕り自由を奪うつもりなのだろう。

「努力だけが報われる残酷な世界《ジャスト・ワールド》」

アオイは力を発動した。

「なに!?」

リクトが驚きに目を見開いていた。

アオイが触手など無視して悠然とリクトに向かって歩きはじめたからだ。

触手は動かなくなっていた。

同じように生えてきた別の触手が螺旋《らせん》状に絡み、その動きを押しとどめているのだ。

リクトは固まっていた。これまでその力に対抗できたものなどいなかったのだろう。どうすればいいのか、迷いが生じているようだった。

「ボクとしてはさっさと片付けたいんだけど、見せしめが必要だって言われてるからね」

「なめんな！」

リクトは咄嗟《とっさ》に掌を突き出した。

そこから極太の光線が放たれる。それは触れた者全てを灰燼《かいじん》と化すだけの熱量を有していた。なりふり構ってはいられないということか、だがそれでは背後にいる手下たちも無事ではすまないだろう。

アオイも同じように掌をリクトに向ける。

同様の光線を放出し、アオイはあっさりとリクトの技を相殺した。

「これだと人質をとってるのは君ってことにならないか？」

アオイは呆れた様子で言い、リクトは呆然となっていた。

「なんで君たちはそう無邪気なんだろう。自分がもらえた力なんだ。他の人ももらってるかもしれないとは思わないの？」

アオイはこのやりとりに飽き飽きとしていた。どいつもこいつも似たような奴らばかりなのだ。

最初は恐る恐るその力を試すようにしているが、すぐに増長し、傲慢《ごうまん》になり、それを自らの力だと当たり前のように考えはじめる。

そして、なんの努力もせずに得たその力でもって、人の努力をあざ笑いはじめるのだ。

「おまえもあいつから力をもらったのかよ！　ふざけんな！　俺が世界最強なんじゃないのかよ！」

「君が誰から力をもらったかは知らないよ。ただ、君みたいなしょーもない人間にできることなら、ボクにだってできるんじゃないかと思っただけさ」

「黙れよ！　食らえ！　葬炎！」

リクトは何かをしようとした。だが何も起こらない。

「なんで出ない!?　黒百足《くろむかで》！　百式！　闇の経典！　……どうなってんだよ!?」

次第にリクトの声は震えはじめていた。

「だからさ、ひょいっともらった力なんだ。ひょいっと無くなることがあるかもしれないって思ったことはないの？」

「なんなんだよ！　俺の方が強いはずだろうが！」

リクトは怯えを誤魔化すように叫んだ。

「いや、なんというのか。君は運命値が低いからさ。似たような力で対抗するのも、力を奪うのも、簡単なんだけど」

「う、奪われた……だと？」

リクトの顔色が明らかに変わった。これまで自由奔放に使い続けていた無敵の力が失われていると、自覚したのだろう。

「でも、そう絶望することはないよ。これは一方的なものでもないんだ。実は努力して強くなってました、なんて伏線が用意してあるのなら、負けるのはボクの方さ」

アオイはリクトに近づきながら、唯一の武装であるナイフを抜き放った。

「は、ははっ！　そうだよ、俺にはこれがある！」

アオイのナイフを見て、リクトは思い出したように腰の剣を抜いた。

リクトはいくぶんか落ち着きを取り戻したようだ。剣はただならぬ気配を発しているので、余程の業物《わざもの》なのだろう。

「うん、その剣自体の運命値は高いから、ボクの力で消えてなくなったりはしないね」

次の瞬間、リクトの首は裂かれていた。

背後に回ったアオイが、後ろから抱き抱えるように、首筋に当てたナイフを横に滑らせたのだ。

「けど、使い手が弱ければさほど意味はないよね」

『わざわざ俺を使う必要があったのか？』

リクトが倒れ、血まみれのナイフがさも嫌そうな声をあげた。

「さてと。手下たちは……案外人望はなかったみたいだね」

いつのまにか周りにいた者たちは姿を消していた。

「見せしめ的には彼の無惨な死に様を広めてくれればいいんだけど」

賢者に逆らうことはできない。そう知らしめるのがアオイの任務の一つだった。

『さて、仕事が終わったばかりのところを悪いが、次の依頼だ。高遠夜霧《たかとおよぎり》と壇ノ浦知千佳《だんのうらともちか》という日本人がターゲットで、珍しいことにこの二人は賢者候補だ』

ナイフには魔法による通信が行える能力があった。遠距離通信には膨大な魔力が必要なので滅多に行われないが、それほどの緊急事態ということなのかもしれない。

「ん？　どういうことだろう。賢者候補なんてボクに依頼するまでもないような」

『さあな。まずはハナブサに向かえ。そこに詳細な資料が届くようになっている』

「まったく。息をつく暇もないなあ」

アオイがぼやいていると、屋敷の中からどたどたと足音が聞こえてきた。

「屋敷の中にも手下がいたのかな？」

何がくるのかと待ち構えていると、小太りの少年が屋敷から飛び出してきた。

アオイが呆気に取られて見ていると、少年は飛び出してきた勢いのままに土下座しながらアオイの足元に滑りこんでくる。

「拙者は花川大門《はなかわだいもん》と申す者なのですが！　いけすかないチートハーレム野郎のリクトに拾われてどうにかこの森で生き延びておったのですが、あなた様がリクトを殺してしまいましたので、拙者もうどうしようもないのでござる！　なんとかしてもらえんでござろうか！　このままでは死ぬしかないのでござるよ！」

「何だろ、これ？」

『珍妙な生き物だな』

さすがのアオイも戸惑うばかりだった。

2話　殺虫剤のＣＭにでも使えそうな光景

ガルラ峡谷《きょうこく》。

蛇行し、枝分かれするガルラ川を中心に、入り組んだ崖と谷で構成されている地形だ。

そこら中で赤茶けた岩肌が剝き出しになっており、そこには無数に重なった地層を見ることができる。

その過酷な環境故にか、この地を訪れる者はほとんどいない。王都とハナブサを繫《つな》ぐ路線が開通するまでは、注目されることもなかった土地だ。今でもその一部分を汽車が通過するだけであり、その全貌は知られていない。

過去にはこの地域を根城とした民族がいたらしく、その名残なのか、かろうじて道らしきものは残っていた。

その道の途切れた所に、一台の装甲車が止まっている。巨大で複数の車輪を持つそれは、この世界では珍しい車両だった。

「また行き止まりだね……」

装甲車の運転席に座る少女、壇ノ浦知千佳が何度目かの溜め息をついた。

知千佳は肩の開いたワンピースを着ていて、これはハナブサの街で入手した服だ。知千佳は他にも大量に服を買い込んでいて、その日の気分で様々なファッションを楽しんでいた。

「ねえ。俺たちなんで王都に行かなきゃならないんだろう？」

ぼやくように言うのは助手席に座っている少年、高遠夜霧だった。

夜霧は相変わらず制服姿だが、これは着替えるたびに服を選ぶのが面倒だと思っているからだ。車の中には男物の服も多数用意されているのだが、夜霧は下着とシャツを替えるぐらいしかしていなかった。

「今さら!?　その疑問が本気だったとしても、出発前に言ってくれないかな！」

この状況に飽きてきた様子の夜霧に、知千佳はキレ気味に返した。

「一度状況を整理しなおした方がいいかもね。ここを通ることが目的じゃないだろ？」

崖際の道は途切れていた。橋の残骸があるので道は正しかったようだが、だからといってなんの慰めにもならない。

「そりゃそうだけどさ。リョウタさんは問題なさそうに言ってたじゃん！」

ハナブサの領主であるリョウタは、鉄道工事に使われた道があるので、峡谷を通って王都に向かうことは可能だと言っていたのだ。

「鉄道ができてから道は使ってないだろうし、現状はよく知らなかったんだろ」

この地域に鉄道が敷設されたのはかなり前のことだ。当時使えた道が今は使えなくなっていたとしても、不思議ではない。

「俺たちの目標は日本に帰ることで、そのためには賢者と接触する必要がある。それにはクラスメイトとともに行動するのがてっとり早そうだってことだったんだけど、賢者の方から俺らのとこにやってきてないか？」

「え？　だったら街でのほほんとしてればよかったってこと？」

「それも一案かな、と思ったんだけど、あいつら何考えてんのかわかんないからなぁ。いきなりやってきて襲いかかってくるんじゃろくに話もできないし」

そして、反撃すると相手は必ず死んでしまうのだ。襲われるのを待つのは得策ではないだろう。

「それにあいつら、街の人間のことなんとも思ってないだろ？　俺はいいけど、壇ノ浦さんは嫌なんじゃないの？」

「だよね……」

街の惨状を思い出したのだろう。知千佳は浮かない顔になった。

「ま、その点ではシオンって賢者なら話はできるのかなとは思うけどね。俺たちはそいつに喚《よ》ばれた賢者候補なわけだし」

夜霧たちをこの世界に喚んだのはシオンという女で、彼女は夜霧たちに賢者になるようにと言ったのだ。

賢者になるには彼女の課したミッションをクリアしていく必要があるので、その過程でいずれは会えるだろう。その際に元の世界に戻るための情報を入手できるかもしれない。夜霧たちの計画はその程度でしかなかった。

もちろん、夜霧たちもこの計画に全てをかけてはいない。他の賢者よりは話ができる可能性が高いと思っているだけだ。シオンに話を聞けないなら、また別の方策を考える必要があるだろう。

『少し先を見てきたが、この先に行けたとしても、行き止まりだな』

そう言うのは知千佳の守護霊、壇ノ浦もこもこだった。

霊体であるため、地形に左右されずに移動することができる。偵察に出かけていたのだが、結果は芳《かんば》しいものではなかったようだ。

「このままじゃ辿り着ける気がしない……あ！　ねえ！　確実に王都まで行ける方法があるじゃない！」

「それって、もしかして、レールの上を走るってこと？　汽車がきたら詰むね」

凄いことを思い付いたと言わんばかりの知千佳が見ているのは、鉄橋だった。

「うっ……でも、今のところ走ってる気配なんかないじゃない！　街があんなことになってたら汽車はまだこないと思うけど」

「なるほど。で、万が一やってきたら、俺は身を守るために汽車を殺すと。どんな結果になるかはわかんないけど、あまり愉快なことにはならないだろうな」

「わかりましたよ！　とりあえず引き返して別の道を探せばいいんでしょ！」

知千佳が装甲車をゆっくりと後退させる。

だが、すぐにゴツンという音がして装甲車は動かなくなった。何かにぶつかったのだ。

「え？　何もないと思うんだけど」

サイドミラーには何も映っていないし、そもそも障害物があるのならここまでやってくることはできない。

知千佳は、ドアを開けて背後をのぞき込んだ。そして、すぐに車内に身体《からだ》を引っ込め、慌ててドアを閉めた。

「な、なんかいた！　にょろっとしたのが！　尻尾みたいなのが！」

「なんだろ？」

夜霧もドアを開けて背後を見る。

巨大な顔がこちらに向けられていた。爬虫類と鳥類の中間のような顔つきをした生き物で、その瞳は真っ直ぐに夜霧を見つめている。

「ドラゴンだな。バスを襲ってきたのと同じような奴。やっぱり車が好きなのかな？」

「特殊性癖のネタはもういいから！　とりあえず殺《や》っちゃって！」

「いや、それはどうだろう。ここがドラゴンの巣だとしたら、ずかずかと踏み込んできた俺たちの方が悪いだろ？　それを一方的に殺すってのは――」

途端に装甲車が大きく揺れた。ドラゴンが体当たりをしてきたのだ。

装甲車なら防御力はあるだろうが、ここは崖沿いの道だ。こんなことを繰り返されては簡単に崖底に落とされてしまうだろう。

「そんなこと言ってる場合じゃないよ！」

「まあ仕方がないか」

夜霧はドラゴンを殺した。

だが、死体はその場に残るため、この場から動けないことには変わりない。

どうしたものかと夜霧が考えていると、咆哮が峡谷に響き渡った。

それは合図だったのか、すぐに何かが飛んでやってくる。赤茶けた、岩のような肌をしたそれは、先ほど殺したドラゴンと同種のようだった。

「って、なんかいっぱいきたんだけど！」

見る間にドラゴンは増え続け、崖側の空にひしめき合うほどになっていった。

その口は大きく開かれ、口腔内は炎で満たされている。そこから炎の息を吐き出すのだろう。ドラゴンどもは臨戦態勢に入っていた。

「完全にアウェイな感じだな……まあ、話し合いができる相手でもないし」

夜霧が力を放つ。

ドラゴンたちは炎を吹き出すこともなく、ぼとぼとと谷底に落ちていった。

「あー、なんか殺虫剤のCMにでも使えそうな光景……」

全長二十メートルはあろうかという巨大生物が、いっせいに力を失くして墜落していく。それは壮絶な光景だった。

そして、峡谷は何事もなかったかのような静寂を取り戻した。

「谷底がどうなってるのか考えたくないよね……」

「そんなことより、ここから動けなくなってることが問題だね？」

「後ろのドラゴンをどうにかしなきゃだけど……」

『なに。それならお主の武器を使えばよい。細切れにして捨てるもよし、梃子《てこ》の要領で谷底に落とすもよしだ！』

知千佳は侵略者《アグレッサー》からもらった武器を服の一部に偽装している。

その武器は変形自在なので、鋭い刃《やいば》にすることも、強固な構造材として用いることも可能だった。

知千佳と夜霧は車を降りた。

ドラゴンの死体を確認する。崖と死体の間で武器を膨張させれば、吹き飛ばせそうだった。

「あれ？　これで橋を作ったりとかもできるんじゃないの？」

『この先はかなりの長さに渡って崩れておる。さすがにそれを補強できるほどのサイズはないな』

「まあ、この武器を使えば行けそうなところもあるかもしれないし……ってまたなんか来たんだけど！」

空から何かがやってくるのが夜霧にもわかった。

またもやワイバーン型のドラゴンだ。

だがそれは、これまで見たドラゴンとは一線を画していた。

「ゴールデンサンダードラゴンみたいなの来たー！」

そのドラゴンは黄金に輝いていたのだ。

稲光をまとったその姿は、神々しさすら醸し出していた。

3話　異世界ではよくあるやつだろう

崖際の道で、夜霧たちは竜と対峙していた。

黄金のドラゴンはゆっくりと羽ばたきながら滞空している。

巨大な翼と二本の足を持つそれは、ワイバーンと呼ばれるタイプのドラゴンだ。

雷光を纏《まと》う体は、これまでに見てきたドラゴンたちよりもはるかに大きい。その猛禽類に似た趾《あしゆび》は、夜霧たちの車を鷲掴みにできるほどだった。

巨大な瞳は確実に夜霧たちを捉《とら》えており、あたりは重苦しい雰囲気に包まれていた。

「むっちゃ睨まれてるんだけど！」

知千佳が怯え混じりの声をあげる。

そのドラゴンは、その気になればいつでも夜霧たちを攻撃できるはずだが、今のところは空中に止《とど》まっているだけだった。

「様子見ってところか？　まあ、何もしてこないならほっといて移動してもいいんじゃ？」

「いやいやいや、無理でしょ！　あれ、サンダー放つ気、満々でしょ！」

知千佳はそう言うが、無機質なドラゴンの表情からは感情を窺うことができなかった。

それに夜霧はまるで殺気を感じていなかった。攻撃に転じるつもりなら多少は殺気が洩《も》れるものだ。つまり、今のところは安全ということだった。

なので、夜霧はしばらく待つことにした。ドラゴンが何をしにきたのかに興味があったのだ。

だが、何も起こらなかった。

ドラゴンはただ浮いたまま、夜霧たちを見つめているだけだったのだ。

最初は怯えていた知千佳も段々とこの様子に違和感を覚えてきたようで、首をかしげている。

もういい加減移動してもいいのではと夜霧が思いはじめたところで、ドラゴンが動いた。

「合格だ」

低く重い声を発したのだ。

そしてドラゴンはその翼に力を込めた。力強く羽ばたき、この場を去ろうとしているようだった。

「え、っと合格？　ま、なんかわかんないけど、どっか行ってくれるみたいだしよかったよね！」

知千佳は安堵していた。わけがわからない部分はそれほど気にならないらしい。

「待てよ」

だが、夜霧は飛び去ろうとしているドラゴンに呼びかけた。

「ってなんで呼び止めてんの!?　いなくなるならそれでいいじゃん！」

「ほっといて移動するって言ったけど、言葉がわかるなら話は別だろ」

「えー？　触らぬ神に祟《たた》りなしっていうかさぁ」

知千佳がぶつくさと言っているが、夜霧はさらに呼びかけた。

「さっきの光景を見てたならわかるだろ。逃げたら殺す」

これはただの脅し文句だ。逃げたとしても殺すつもりはない。

だが、ドラゴンはその動きをぴたりと止めて空中に静止した。

「その羽、関係ないんかい！」

知千佳がツッコむ。

ドラゴンが空中で固まっているのは、どこか奇妙な光景だった。

＊＊＊＊＊

「ぬぉおおお！　喋らずにそのまま飛び去ればよかったというのかぁああああ！　なんか言わんと間がもたんような気がしたのじゃが、それが間違っておったのかああ！」

「まあ、そのまま黙って飛んでったらほっといたかな」

「えーと、高遠くん？　何普通に話してんの？」

夜霧たちの前で、小さな女の子がごろごろと転がっていた。

「なんでこのドラゴン、人間になってもだえてんの!?」

「俺に聞かれても知らないよ」

知千佳が言うところのゴールデンサンダードラゴンは、幼い少女の姿になっていた。

『異世界ではよくあるやつだろう。ドラゴンやら狼やらはすぐに、のじゃロリになったりするものだ』

知千佳の背後霊であるもこもこが一人で頷いている。よくあると言われても夜霧にはわからなかった。

ごろごろと身もだえていたドラゴンだったが、そのうちに気がすんだのか、姿勢を正してその場に正座する。

「いや、そのじゃな。人の男と話す時はこういう姿になった方がウケがよいと聞き及んだのじゃが」

「そんな話どっかで聞いたんだけど!?　なんなのこの世界の人たち！」

確か、列車事故の際に出会ったロボットも似たようなことを言っていたと、夜霧は思い出した。

「ま、それはそうとして、なんで俺たちを襲ったの？　さっきのドラゴンはあんたの差し金なんだよね？」

「あれは剣聖様に会う資格があるかを試しておったのじゃ」

「剣聖？」

夜霧はその言葉をどこかで聞いた覚えがあった。

「ああ、確か猫の人がそんな人のこと言ってたよね。剣聖のギフトがどうとか」

この世界に来てから最初に訪れた街でのことだろう。街の案内をかってでてきた猫の獣人がそんな話をしていたのだ。

「なに!?　剣聖様に会いにきたのではないのか？」

ドラゴンの少女は大げさに目を見開いた。

「うわぁ。なんかとばっちり感がすごい！」

「ここを通って王都に行こうと思ってただけなんだけど」

「嘘を言うでない！　こんなところを通って王都に行こうとするものなどおらぬわ！」

「そう言われてもな。ハナブサの人は通れそうなこと言ってたけど」

「あやつらは汽車しか使っておらんぞ？」

「……確かに、実際に行ってみたってわけじゃないよね、リョウタさんも……」

工事の際に使っていた道があるから行けるだろう。その程度の感覚だったのかもしれなかった。

「まあよい。この峡谷には剣聖様がおられてだな、お目にかかることができればギフトを授けてくださるのだ。だが、誰でも彼でも通しておっては剣聖様も大変じゃからの。ここでふるい落としておるわけじゃ」

「ドラゴンがあんだけ出てきて、口からなんか飛ばしてきたら、誰も辿り着けないんじゃないの？」

「あの程度の攻撃を凌《しの》げぬようでは、剣聖様に会う資格はなかろうな！」

なぜか少女は自慢げだった。

「ま、そういうことなら、俺たちには関係ないってことだね。行こうか」

「だよね」

夜霧たちは車に戻ろうとした。すると、ドラゴンの少女は夜霧たちの前に立ちはだかった。

「合格じゃとゆーたろうが!?　剣聖様に会っていかんのか！」

「別に。もしかしたら俺たちを狙ってやってきた何かかと思ったんだけど、そうじゃないみたいだし」

敵なら背後関係を聞きだそうと思っていたが、そうでないなら用はなかった。

「いや、その、合格とゆーた手前、それは困るんじゃが！　見込みのある奴は連れてこいと言われておるし！」

「でも逃げようとしてなかった？」

「普通、手下が皆殺しにされたら逃げるじゃろ！」

「じゃあ、なんでわざわざ俺らの前にやってきたんだよ？」

「手下のブレスでぼろぼろになったところに、さらに儂《わし》がやってくることによって絶望感を与える手はずだったのじゃ！　けれど、悠々と飛んできたら手下が全滅しておるし、かと言って姿を見られた以上、慌てて引っ込むのもかっこわるいじゃろうが！　じゃから合格を告げにきたという体《てい》で悠々と去れば威厳を保てると思ったのじゃ」

「あんたが間抜けなのはわかったけど、俺らを剣聖に会わせてどうするんだよ？　そもそも、ほんとに見込みがあるの？」

夜霧たちはギフトを持たない無能力者だ。偽装はしているが、それは一般人を装うためにすぎない。ほぼ無能に見えることには変わりなかった。

「儂はギフトの強弱で判断はせん。手下がまとめて殺されたのは事実じゃからな。お主らにはそれを成しうる力があるということじゃ」

「でも、本当に剣聖って人には何の興味もないんだけど」

夜霧はすげなく答えた。

「剣聖じゃぞ!?　賢者に匹敵する存在じゃぞ！　その力の一端に触れたくはないのか！」

賢者を引き合いに出され、夜霧は少しばかり考えた。

本当に剣聖が賢者と同等の力を持っているのなら、日本への帰還に関して何かヒントが得られるかもしれない。

「どう思う？　剣聖について知っておくのも悪くはないかもしれないけど」

夜霧は知千佳に聞いた。

「うーん。けどさ、ただでさえ迷ってるのに、寄り道してる場合じゃないような」

「それか！　よしわかった！　道案内をしてやろう！　どうせお主らだけではここを抜けて王都に

辿り着くことなどできんのじゃからな！　悪い話ではあるまい！　とりあえず剣聖様に会ってくれれば、王都まで連れていってやろうではないか！」

『ふむ。そういうことなら悪い話ではないのではないか？　どうせこの後も迷いに迷うだけであろう？』

「だったらいいのかな」

「じゃあ、一応会ってみようか」

王都へ行くのはクラスメイトと合流するためだが、最優先というわけでもない。見聞を広めるのも重要なことだろうと夜霧は考えた。今後何をするにしても情報は必要になってくる。

「うむ。儂はアティラと言う。お主らは？」

「高遠夜霧」

「壇ノ浦知千佳。よろしくね」

こうして二人は剣聖に会いに行くことになった。

＊＊＊＊＊

三人は装甲車に乗り込んで移動を開始した。

いつものように運転は知千佳で、夜霧は助手席だ。アティラは夜霧の膝の上に座っている。

峡谷は迷路のようだった。これでは案内なしに抜け出すのは難しいだろう。そもそも汽車以外で王都に向かう者はいないらしい。汽車が開通する前は、峡谷を避けて大きく迂回していたらしかった。

しばらく進むと緑の木々が見えてきた。

茶色い岩肌と地面ばかり見てきたので、夜霧はほっとした心地になった。乾ききったこの峡谷にも多少の潤いはあるらしい。

木々の合間を抜けて進んでいくと、開けた場所に出た。短い草花が生えているぐらいで、特に何があるわけでもない空間だ。

「え？　なんで？」

だが、広場の様子を見た知千佳は驚きの声をあげた。そこに人があふれていたからだ。

剣聖がいると聞いていたので、向かう場所に少なからず人がいることは予想できた。だがざっと見ただけでも百人を超える人数がここにいる。これは夜霧にとっても予想外のことだった。

広場にいるのは雑多で統一感のない人々だ。おそらくは彼らも剣聖に会いにきたのだろう。

「もしかして剣聖ってすごい人気者？」

夜霧はアティラに聞いた。事情は知っているはずだ。

「知らぬということは、本当にただの通りすがりなのか……。今日はな、聖王の騎士を選抜する日なのじゃ。見事聖王の騎士となれれば、剣聖に弟子入りできる。つまり、ここにおるのは次代の剣

聖を目指す剣士たちということじゃな」

「お前、なんかやっかいなことに巻き込もうとしてないか？　なんにしろ約束は守ってもらうからな」

会うだけでいいのかと夜霧は思っていたが、なにやら雲行きが怪しい。

人だかりの前で停車し、夜霧たちは車を降りた。

「おい！　乗り物で来るってありかよ！　ここまで自力で来るってのも試練のはずじゃねーのかよ！」

途端にフードをかぶった男が絡んできた。

「そう言われてもね。試練を受けるつもりなんてなかったわけだし」

「はっ！　こんな所までご苦労なこったが、てめぇらは失格だよ！　残念だったな！」

男は見下げ果てたと言わんばかりだったが、返す言葉を夜霧は持たなかった。どうでもいいことで熱くなられても反応のしようがないからだ。

「まだ始まってもいねぇのに、失格もなにもねぇよ。ま、ここに来ることもできねぇなら、試練以前の問題だがな」

だが男への返答は夜霧たちの背後から聞こえてきた。

声の主は人だかりをかき分けて広場の中央へと進んでいく。

老人だった。

顔の皺《しわ》でかなりの年齢だと夜霧はあたりをつけたが、その歩みは年齢を感じさせるものではない。

『ふむ。できるな。この男が剣聖か』

その歩みに達人の風格を感じ取ったのか、もこもこが感心したように言う。

東洋風の着物を着た老人だが、剣は身に帯びていなかった。

人だかりの中心部に辿り着くと、老人はあたりを見回した。

「多いな」

老人はぼそりとつぶやいた。

そして、少し思案してから言葉を続けた。

「俺が止《や》めろと言うまでお前ら殺し合え。残った奴で試練を行う」

「今まで見た人の中だとましな方かな？　って一瞬でも思った私が馬鹿だったよ！」

知千佳が呆れたように叫ぶ。

夜霧たちの周囲は途端に殺気で満ちあふれた。

4話　まともそうな人だ……けど、そう簡単には信じないからね！

様々な人物が広場の中心にいる剣聖を取り囲んでいる。その人数は百人を超えるだろう。夜霧たちはその人だかりの外縁部に立っていた。

周囲は殺気立っているが、まだ動く者はいない。様子を見ている者もいるだろうし、剣聖の言葉がまだ続くと思っている者もいるのだろう。

「ちょっといいか？　ここにいる奴らを全員殺せば自動的に俺が合格ってことでいいんだよな？」

緊張に満ちた空気の中、いかにも自信ありげな声が発せられた。

声の主は、先ほど夜霧たちにからんできた黒尽くめの男だ。黒のシャツに、黒のズボンに、黒のマント。背負っているのは黒い鞘で、柄《つか》までが黒かった。

「ノーコメントだ。が、あえて言うなら、これが人柄を見る面接の類《たぐい》だとするとお前は失格だな」

「な!?」

想定外の返答だったのか、黒い男は固まった。

「あのな。なんでも聞くなよ。聞く前によく考えろよ。聞いただけでアウトの可能性だってあるだろうがよ」

剣聖は呆れているようだった。そしてその言葉を聞いた者たちはますます慎重になった。

「えーと、案外親切なのかな?」

知千佳が聞いてくる。だが夜霧にはそう思えなかった。

「親切な人間が、殺し合えとか言わないだろ。なあ、ちょっといい?」

夜霧は手を上げて、剣聖に呼びかけた。

周囲の視線が、いっせいに夜霧へと集中した。

「なんだってんだよ。話を聞いてたのか?」

剣聖がさらに呆れたようになった。

「俺は失格でもなんでもいいんだけどさ。俺たちはたまたま通りすがっただけで、殺し合いなんてする気ないんだけど、帰っていい?」

情報収集のつもりでここまで来たが、さすがに殺し合いをしろなどという馬鹿げた話に付き合う気にはなれなかった。

「な、なんじゃと!」

剣聖よりも先に、側にいたアティラが驚いていた。

「これで剣聖には会ったことになるだろ? さっさと王都に案内してよ。で、どう?」

夜霧は少女に返答し、剣聖に答えを迫った。

「ほう？　こんな所まで来ておいてたまたまってか？　怖じ気づいたって雰囲気でもなさそうだが、それを許すとぐだぐだになりそうだしな……じゃあこうするか。この広場から逃げる者がいたらお前ら全員失格だ。それを踏まえて状況を考えろ」

「ちょっと、めんどくさいことになったな」

どうやら今の発言で夜霧たちは試練の一部として組み込まれてしまったらしい。

「ほら、やったやった。騎士なんてのは切った張ったしてなんぼのもんだろうが。こっちもお前らがだらだらお見合いしてんのを見たいわけじゃねーからよ。時間も区切るぜ？　今から十分だ。十分後に半分以下になってなかったら全員失格だ」

その言葉が引き金となり状況が動いた。

黒尽くめの男が背中の剣を抜いたのだ。

誰も油断はしていなかった。ただその男の抜刀が見事だっただけだろう。隣にいた男は為《な》す術《すべ》も無く袈裟懸《けさが》けに斬られていた。

その一撃の威力が故か、斬られた男は斜めに分かれて派手に吹っ飛んだ。

そして、男の一部が知千佳のすぐ側に落ちた。

「おっと」

知千佳は一歩下がり、転がってきた男の体を避けた。

『お主も場慣れしてきたのう』

幽霊のもこもこが感心したように言った。

「今さらこの程度できゃーきゃー言ってもいられないし……」

そんなことを言っている間に周囲で怒号が響きはじめた。それぞれが戦いを始めたのだ。

「あぁ！」

「どうしたの？」

夜霧が驚きの声をあげると、知千佳が聞いてきた。

「いや、あの人の剣って刀身まで黒いんだな、と思って」

「あ、ほんとだ、そこまで黒いんだ……って、どうでもいいな！」

「けど、どうしたもんかな。逃げるのは簡単だけど」

その場合、阻止しようとするものが現れるだろう。そう言おうとしたところで、すぐにそれは現実のものとなった。

与し易いとみたのか、真っ先に逃げると思われたのか。何人かが夜霧たちへと向かってきたのだ。

ならば殺そう。

夜霧がそう決めたのとほぼ同時に、白銀の鎧をまとった剣士が夜霧たちをかばうようにあらわれた。

フルプレートアーマーだが重厚感はなく、それはあつらえたスーツのようでもあった。それぞれのパーツは薄くスマートに作られているようだ。兜《かぶと》を被っていないのもそう思わせる一因だろう。

「ご安心ください。あなたたちは私が守りましょう！」

剣士は爽やかな笑顔を夜霧たちに向け、すぐに前へ向き直る。

「あなたたちも馬鹿なことを。剣聖様の意図がまるでわかっていない！　剣聖様がただ無差別に人を殺すことなどお許しになるわけがないでしょう！　これは聖王の騎士として相応《ふさわ》しい行動を取ることができるのかどうか、それを見定めるための試練なのです！」

「ちょっと融通きかなそうなところもあるけど、まともそうな人だ……けど、そう簡単には信じないからね！」

これまでのことを考えると、この人物が本当にまともであるのかは甚《はなは》だ怪しい。知千佳がそう思うのも仕方のないことだった。

『なかなかやるの。聖王の騎士とやらを目指すだけあって、ここに集まっているのはそれなりの実力者ばかりだが、この男は頭一つ抜きん出ておる』

白銀の剣士は同時にかかってきた数人を、剣と盾を駆使して軽くあしらっている。

この場においての方針は不殺らしく、手加減をした上でもそれをやってのけるほどの実力を剣士は見せていた。

だが、この男がいくら強かろうが、それはあくまで剣士としてのものだ。

遠距離から、魔法や飛び道具で夜霧たちを狙ったものまでは対処しきれない。

明確な殺意を感じ取った瞬間、夜霧は力を発動した。

十人ほどがいっせいに倒れた。

「む？　これはいったい？」

白銀の剣士が不可解な事象を前に、戦いの手を一瞬止めた。

「それはですね、えーと——」

「そうか、剣聖様のお力か！　剣聖様は剣をお持ちではないし、一切動いているようには見えませんでしたが、この程度のことなど剣聖様にとっては造作もないことなのでしょう！　不埒《ふらち》な輩を成敗なされたというわけですね！」

知千佳はどうにかごまかそうとしたが、その必要はないようだった。

そして、剣士の実力と不可解な死を前にした襲撃者は、あっさりとその矛先を変えた。

「ふむ。ひとまずは安心でしょう。たまたま通りすがられたとのこと。災難だとは思うのですが、試練も重大事です。もうしばらくお付き合い願えませんか？」

誰か一人でも逃げ出せば全員失格になるため、釘を刺したのだろう。剣聖のことなど知ったことではない夜霧だったが、あえてこの場をぶち壊すのも躊躇《ためら》われた。

「わかった。しばらくは様子を見るよ」

「ご理解いただけて助かります。なに、危害が及ばないように最善を尽くしますのでその点はご安心を」

とりあえずは静観を続けることで合意した。

今のところは夜霧たちを狙ってくる者はおらず、周囲は凪《な》いだようになっているのだが、そこに弱々しい声が聞こえてきた。

「……うぅ……助けて……」

夜霧たちは声の出所へと目を向けた。

最初に斬られた男だった。

斜めに断ち切られたため、頭部と右手しかない姿で地面に転がっている。生きているのが不思議な状態だ。

「これは……残念ですが」

白銀の剣士が頭を振る。手の施しようがないと判断したのだろう。夜霧も同感だった。

「いや、その、簡単に諦めないで……その、そこの彼女。こっち来て、助けて！」

最後の力を振り絞ったのか、男は必死に叫んでいた。

『ふむ。肺もろくに機能しとらん状態でよく喋れるな』

「え、と。どうしたらいいと思う？」

「殺気はないから、何か企《たくら》んでるってことじゃないと思うけど」

「そ、そう？　まあ看取るぐらいなら……」

知千佳は倒れている男に近づいた。

「その、大丈夫？　手を握るぐらいならできるけど」

「……あの、そこに落ちてる、虹色の石を拾って……」

あたりには虹色に輝く石がばらまかれていた。斬られた際にぶちまけてしまったのだろう。

知千佳は虹色の石を拾った。

「これ、なんですか？」

「それは……詫《わ》び石です……」

「詫び？　それでどうするの？」

「……私の右手に摑ませてください」

知千佳は言うとおりにした。

すると、男の右手が途端に輝きはじめた。

そして、一瞬のうちに男は復活を遂げていた。

全身の四分の一もなかったというのに、五体満足の状態になっている。

こうして全身を見てみれば、ひょろりとした体付きの男だった。

「へ？」

「いやあ、助かりましたよぉ！　もう駄目かと思いました！」

男の体は切られる前の状態に戻っていた。服までも完全に元通りで、傷一つついてはいない。

夜霧はあたりを見回したが、残された側の体は見つからなかった。それも含めて元通りということらしい。

「これはですね。お詫びとしてもらった星結晶というアイテムなんです。大怪我を治したり、ガチャを回したりといろいろ使える便利なものなんですよー」

「ソシャゲなの!?　誰が、何を、何のために詫びるの!?」

「止《や》めろ！」

知千佳が混乱していると、剣聖が一喝した。

広場にいた者たちはいっせいに動きを止めた。

「大方減ったな。じゃあ場所を変えるぞ。ついてこい」

そう言って剣聖はすたすたと広場の外へと歩いていった。

後には、無惨な死体の山が残されている。生き残ったのは半数というところだった。

「……騎士として相応しい行動がどうとか言ってましたけど、やっぱりただ人を減らしたいだけだったような気が……」

「いや、これも剣聖様の深い考えが故のことかと。我ら常人には計り知れぬお考えがあるのやもしれません」

知千佳の疑問にも、白銀の剣士は揺るがなかった。

「高遠くん。これってなんかやばくない？　一応剣聖には会ったんだから、もう王都まで案内してもらおうよ」

「いや、その、できればこのまま、試練に参加してもらいたいんじゃが……」

アティラは歯切れが悪かった。

「なんでだよ。会えばいいって言ってたよね」

「そのじゃな。推薦した参加者が、聖王の騎士となれたのなら、推薦者の儂は聖王の騎士の従者となることができるんじゃ。弟子になって剣聖を目指せとは言わぬから！」

「まあ……ここで帰ったら情報収集にもなってないしね」

少々めんどくさくなってきている夜霧だったが、案内なしでこの峡谷を抜けるのは難しい。それに賢者に匹敵するという剣聖の力もまだ見ていない。

夜霧は、とりあえず試練に参加することにした。

5話　有名人がお忍びで来てるみたいに言われても

剣聖が広場の外、森の方へと歩いていく。広場にいた者たちは、慌てて剣聖の後についていった。

夜霧は集団の最後尾をだらだらと歩いている。

夜霧の隣には当然のように知千佳がいて、その隣には詫び石とやらを持っている長身の青年、さらに隣には白銀の鎧を着た剣士が歩いていた。

アティラは、やる気のない夜霧を先導するように少し先を歩いている。

「僕、昔からとことん運が悪かったんですよ。高校生まで生きてられたのが不思議なぐらいで。車にはねられた回数なんて数え切れないぐらいですよ。当たり屋しんちゃんなんて呼ばれてたぐらいで。慰謝料なんかはまあもらえたわけですけど、別に僕が儲かるわけじゃないですしね。親が懐にいれておしまいですよ」

詫び石の青年が知千佳に話しかけていた。助けてもらったからなのか、妙に親しげだ。元は日本人だったが、生まれ変わってこの世界に来たらしい。

「結局最後はカルト宗教に攫《さら》われて、儀式の生贄《いけにえ》にされて死んじゃったんですが」

「それは、災難でしたね」

「で、詫び石がもらえるようになったんです」

「話飛びすぎだな！」

なんでも死んだと思ったら、神を名乗る女が現れたらしい。そして、生まれ変わっても彼の受難は続くらしく、その補塡として星結晶というアイテムを渡してきたらしいのだ。

「でも、そんな神様みたいな存在が人の運命を左右してたりするものなの？」

知千佳はぼそりと隣に話しかけた。

『人による、としか言いようがないな。我のような守護霊に守られている者がおるように、神とやらに運命を決定されてしまっている者もおるということだ』

幽霊のもこもこがそれに答える。もこもこは夜霧たち以外には見えていなかった。

「その詫び石でガチャができるって話ですよね？　えと、その割には……」

失礼な物言いだが、知千佳は好奇心を抑えられなかったようだ。

「ああ、ガチャですごいアイテムとか、仲間とか手に入れてるはずなのに、なんでやられちゃったのかってことですね！　僕はすごく運が悪いって言ったじゃないですか」

「ああ、なんとなくわかりました……」

つまりろくなものが出てこなかったのだろう。

「なので、今は詫び石をためているんです！　十連ガチャなら、レアリティの最低保証がありますすしょうか？」

「さて。こうして知り合ったというのに、お互いに名前も知らないのはいささか寂しくはないでし
知千佳は、ガチャなどという謎のシステムにどう反応していいやらわからないようだった。

「その、がんばってください」

から！」


話に一段落がついたところで、白銀の剣士が名乗り合うことを提案してきた。

いつの間にか五人組のようになってしまっているし、皆に異論はなかった。

「まずは私からですね。いろいろと思うところはあるかもしれませんが、ここではただのリックとしておいてくれないでしょうか？」

白銀の剣士、リックは軽妙な目配せを見せた。

「有名人がお忍びで来てるみたいに言われても知りませんけど!?」

知っていて当たり前のように言われても困る。知千佳はそんな反応だったが、リックは気にしてはいないようだった。

「僕は、ライニールって言います。僕はその、聖王の騎士になるとかはそんなに興味はなかったんですけど、友達に無理矢理誘われて……」

ひょろりとした青年、ライニールは申し訳なさそうに頭をかく。

「友達はどこに行っちゃったんですか？」

「死んだと思ってさっさと先に行っちゃったんじゃないですかね……」

どことなく幸の薄そうな青年だった。

「俺は高遠夜霧」

「私は壇ノ浦知千佳。王都に向かってる最中だったんだけど、なぜかこんなことに」

アティラは一人先を歩いていて、名乗るつもりはないようだった。

「そういや、よくわかってないんだけど、聖王の騎士ってなんなの？」

疑問に思っていたことを夜霧は聞いた。誰もが知っているかのように話すので聞きそびれていたのだ。

「なるほど。見たところ高遠さんたちは異邦の方のようですからご存じないのですね。では簡単に説明しておきましょう。まず、この世界は様々な脅威にさらされているのですが、その脅威は二つに大別されます。一つは侵略者《アグレッサー》と呼ばれる者たち。世界の外からやってくると言われているのですが、これには主に賢者が対応しています。賢者についてはご存じでしょうか？」

リックが確認してきたので夜霧は頷いた。どちらも実際に見たことがあるので、賢者と侵略者《アグレッサー》の関係は夜霧も知っている。

「そしてもう一つの脅威が封印されし神々、いわゆる魔神と呼ばれる存在です。魔神も元々は外の世界からやってきたと言われていますが、なにせそれは千年以上前の話です。今ではこの世界が内包する脅威と認識されていますね。その魔神に対応するのが聖王様なのです」

「その魔神に賢者は対応しないの？」

「基本的に、賢者陣営と剣聖陣営はお互いに不干渉ですね。それぞれ専門領域が異なりますので、他陣営の敵には手を出さないのが不文律となっています。ま、そうは言っても賢者たちはとても傲慢ですので、ぶつかり合うことは多々あるようですが。さて、その魔神なのですが、聖王様の手によって千年前に全て封じられています」

「えーと、封じられているのに脅威なんですか？」

疑問に思った知千佳が訊《き》いた。

「はい。魔神どもには強力な手下である眷属《けんぞく》や信奉者がいるのです。彼らは魔神を復活させるべく各地で暗躍しているのです。それに対処するのが聖王の騎士であり、騎士を率いるのが剣聖様というわけなのです」

「ん？　聖王様ってのが率いてるんじゃないの？」

話の流れからして、てっきりそういうものだと夜霧は考えていた。

「聖王様は、結界の中で今も魔神の一柱を抑え続けておられるとのことですね」

「聖王様がって、千年もですか!?」

知千佳が驚いた。聖王が代替わりしていないのならそういうことになる。

「そう聞いております」

千年前ともなれば、伝説やお伽《とぎ》話の類だろう。どこまでが本当かは怪しいところだった。

そんな話をしていた夜霧たちだったが、気付けばあたりには誰もいなくなっていた。

「ん？　もしかして置いていかれた？」

夜霧はあっさりと諦めようとした。

「ちょっと待つんじゃ！　ここ！　ここから先に行けばよいだけじゃから！」

アティラが立ち止まり、少し先を指差す。だが、そこにも森が続いているだけで、人の気配はしなかった。

「何もないけど？」

「ここに結界がある。中の様子は外からは窺えぬようになっておるのじゃ」

確かに、あれほどの行列がなんの気配もなしに忽然《こつぜん》と消え去るのはおかしい。ならばそういうことなのだろうと進んでいくと、アティラは立ち止まったままだった。

「儂はここから先には行けぬ。招かれざる者は中に入ることができんのじゃ」

どうやら夜霧たちは、いつのまにやら招かれてしまっているらしい。

「王都への案内はどうするんだよ？」

「用がすんだら儂の名を呼べばよい。さすればたちどころにあらわれよう」

どうしてもこのまま案内するつもりはないらしいが、無理強いしても仕方がないだろう。

「めんどくさいな」

溜め息をつく夜霧を先頭に、四人はアティラが示した境界を越えた。

その瞬間、目の前に唐突に塔が現れた。

「へ？」

知千佳が呆気に取られた様子になった。他の者も聳《そび》え立つ塔の存在に驚きを隠せていない。

空気が一変していた。

塔以外の景色は結界に入る前と変わらない。だが、夜霧は肌を刺すような冷気を感じていた。

先を行く行列が再び姿を見せていた。当然のように塔へと向かっている。そこが目的地なのだろう。

『おい！　即刻立ち去れ！　剣聖などどうでもよい！』

一人、もこもこの驚きだけが様相を異にしていた。心底慌てているという様子なのだ。

「え、どうしたの？　確かにびっくりはしたけど、塔があるだけだよね？」

『そういうことではない！　気付かんのか！　これほどまでの濃密な瘴気《しょうき》に！　この先だ！　邪悪な何かがこの先にいる！』

知千佳があたりをきょろきょろと見回しているが、何も感じないのだろう。

しかし、夜霧はあたりに漂う、まとわりつくような殺気を感じ取っていた。

「おぼぉぉ！」

「ライニールさん!?」

ライニールが突然体を折り、吐きはじめた。

あたりを見回せば同じように吐いたり、倒れたりしている者がいる。

『瘴気に当てられたな』

「瘴気？　私はなんともないんだけど」

『お主は我が守っておる、小僧は自分でどうとでもするのだろう』

「私はこの程度の瘴気なら影響はないのですが、ライニールさんには堪《こた》えるようですね」

リックも平気そうだが、ライニールを介抱する参考にはなりそうもない。

どうしたものかと見ていると、ライニールの体が輝いた。

「ふう、詫び石のおかげで助かりました！」

「って、吐き気がするぐらいで、使っていいものなの？　それ!?」

「でもこのままだと身動きが取れないですし」

詫び石の全貌は不明だが、ライニールは瘴気への耐性を得たようだ。

「どうするの？　なんか怪しい雰囲気だし、もこもこさんはああ言ってるけど」

知千佳が夜霧に確認する。

「確かに結界とやらを抜けてからはうっすらと死の気配がしてるね。俺の目には、このあたりは少し陰ってるように見える」

だが、その気配は差し迫ったものではなく、引き返すほどかといえば微妙なところだ。

「まあ、大丈夫じゃないかな。今すぐに危険があるわけじゃないし」

『まあ、お主のことだ。どうにでもできるのかもしれんが、細心の注意をはらってくれ』

「どうされましたか？」

「ああ、驚いただけだよ。塔に行けばいいんだよね」

二人の会話が気になったのかリックが訊いてきたが、夜霧は雑にごまかして先に進んだ。

円形の塔だった。

直径は百メートルほどだろう。夜霧が見上げても先端は霞《かす》んで見えなかったので、高さもかなりある。

塔の一階には巨大な扉があり、行列はその中へと続いている。夜霧たちも後に続いた。

中は円形の巨大な広間になっていて、そこにあるのはまたもや塔だった。

中心部に直径十メートル程の円筒があり、それが天井まで延びていたのだ。

つまり、この建物は外と内の同心円状になっているらしい。内塔にも大きな扉があり、その中に剣聖とその他大勢の姿が見えた。

「おせえな。置いてくぞ」

「別にかまわないけどね」

剣聖の文句を受け流し、夜霧たちも内塔へ入る。

すると、扉が勝手に閉まり、部屋はガタガタと大きな音を立てて揺れはじめた。

この部屋はエレベーターになっていて、上へと向かっているようだった。

6話　なんであんなのが聖王の騎士を目指してんの!?

塔の屋上からは峡谷が一望できた。

どこまでも続く、乾ききった土と岩の世界。塔の周辺に緑があるのは例外でしかないのだろう。

剣聖は屋上の端に行き、下方を指差す。ついてきた者たちは異様な光景を目撃した。

峡谷が丸く、なめらかに抉《えぐ》れているのだ。

それは、直径十キロほどもある球状の空間を想起させた。そこにあったものが丸ごと消え去ったかのように見えるのだ。

実際、そこには異様な領域が存在していた。その《空間》の中には異形の群れが詰め込まれていたのだ。無数の化け物どもが、外を睨みつけたまま空中で固まっているのである。

そして、その中心部。

類い希《まれ》な視力を持つ知千佳は、そこに二人の人影を見ていた。

白い女と、黒い男だ。

二人は抱き合っているかに見えた。

だが、それらは戦っている最中なのだろう。女の持つ剣は、男の背を貫き、女の腹に突き刺さっていた。それは、なにがあろうと男を逃さないという執念があらわになったような光景だ。

これが魔神を封じるための結界であり、聖王が自らを犠牲にして行っている。知千佳は直感的にそう理解していた。

「ここが世界の終焉の地だ。この世界はいつ終わってもおかしくない、ギリギリのところで生かされている。剣聖なんてのはなんてこたぁない。あいつらの見張り番にすぎねーんだよ」

「そんなことはとっくに知ってるわ！」

すると、集団の中から派手な服を着た少女が一歩前に出てきた。

「私は、千年にわたる魔神との戦いに終止符を打つべくここにやってきたんだから！　聖王の騎士だの、眷属との戦いだの実にまだるっこしいわ！　あいつを倒しちゃえば全ては解決じゃない！」

「ほう、威勢のいいこったな」

「ええ。あなたの役目も今日をもって終わり！　今後は安穏とした余生を送るといいわ！」

少女が右手に持った杖を掲げる。

途端に発生した熱量に、周囲がざわめいた。

それは杖の先、上空に出現した光球が発する熱だった。

光球が凄まじいエネルギーを内包していることは、魔法についてろくに知らない知千佳にもわかった。まばゆく輝く光球はまるで小型の太陽のようだったからだ。

少女が杖を振り下ろす。

一瞬遅れて光球が消えた。結界に向けて、高速で射出されたのだ。

少女は勝ち誇っていた。確かにそれを食らえばどんな存在でも無事ではいられないだろう。

だが、異変は光球が結界に触れた瞬間に訪れた。

目に見えて光球の速度が落ちたのだ。

そして、のろのろと見る影もなくなった光球は、やがて動きを止めてしまった。

「はい？」

少女はぽかんとした顔になっていた。目の当たりにした現象を信じることができないのだろう。

「結界の中は時間が遅くなってるらしくてな。中に行けば行くほど遅くなるそうだ。中心部なんかはほとんど止まっちまってるらしい。つーわけで、あれが奴らの所に届くのは何百年か後のことだろうから、余生を安穏に過ごすことはできなさそうだな」

からかうように剣聖が言った。

「さて。じゃあ聖王の騎士を選抜する試練を開始する。おおざっぱに言えば一階まで下りることができれば合格なんだが、いろいろとルールはあってな。ま、説明はこいつに任せてる」

剣聖が隣を指差すと、そこには、いつの間にか黒いドレスを着た少女が立っていた。

「じゃあな。ああ、それとな。結界の影響なのか、このあたりも時間の流れは少しばかり遅くなっている。あんまりとろとろとしてると外に出た時が大変だぞ」

そう言い残して剣聖はエレベーターに乗り込んだ。

扉が閉まり、鈍い音が響く。剣聖が下に降りているのだ。もちろん、夜霧たちがそれを使ってさっさと帰るなんてことはできないのだろう。

「はい、それでは皆さん。こちらにご注目ください。私、この試練の管理を任されております、魔導人形Aです」

言われた通りに知千佳は少女を見た。確かにその少女は人形だった。肌の質感が人間とは異なる滑《なめ》らかなものだったのだ。

「この塔内では私の同型機が複数働いております。見た目は同じですので混乱なさらないようにお願いいたします。さて、この塔内でのルールを説明いたします。先ほど剣聖様がおっしゃったように、皆様には塔の百階に相当するこの屋上から、一階を目指してもらいます」

「ねぇ？　もし、ここから飛び降りて一階に辿り着いたらどうなるのかしら？」

そう言うのはメイド服がまるで似合っていない女だった。

メイドにしては佇《たたず》まいが高貴すぎるのだ。その女が人に傅《かしず》くところなど、知千佳には想像できなかった。

「それでは合格とはなりません」

「そう。手っ取り早いかと思ったのですけど」

まるで落ちても無事でいられるかのような言いぐさだ。そして、知千佳は妙なことに気付いた。

「高遠くん。あんな人いたっけ？」

ここへ来るまでに見かけた記憶がなかったが、これほど印象的な女を見落とすとは思えなかったのだ。

「広場にはいなかったな。他にも増えてるみたいだけど」

知千佳はあたりを見回した。殺し合いで減ったはずなのに、そこから少し増えているように思えた。

「合格するには百ポイントを集めた上で、二十四時間以内に一階に辿りついていただく必要があります。今が十五時ですので、明日の同時刻がリミットとなりますね。どうやってポイントを集めるのかは各自でお調べください。塔内には様々なヒントがございます。最低限の説明をしておきますと、塔には二つのエリアがあります。まずは屋上の床をご覧ください。白くなってますね。こちらはセーフエリアです。ここでの戦闘行為は即失格となります。もう一つがバトルエリアでこちらは灰色になっています」

「バトルエリア……」

知千佳は嫌な予感しかしなかった。

「保持ポイント数は、魔導人形におたずねくだされればお答えいたします。説明は以上で、これより試練開始です。この屋上には入り口が複数ありますので、お好きなところから挑戦なさってください」

屋上には塔屋《とうや》がいくつか建っており、そこが入り口らしい。何人かは開始の合図と共に走りだしていた。制限時間もあるし、先に行った方が有利だと判断したのだろう。

「質問よろしいですか？」

リックが手を上げた。

「一応質問は受け付けますが、ルールについては答えられませんので、質問に時間を取るよりはさっさとスタートした方がいいかもしれませんよ？」

「では。私の記憶が正しければ、そちらのメイド服の女性は、轟剣位のテレサ殿、つまり聖王の騎士です。なぜ選抜に参加しているのですか？」

メイド服の女、テレサは名の知られた人物のようだった。

「はい。彼女は特別参加者です。特別参加者の参加理由は様々なのですが、彼女の場合ですと、聖王の騎士の資格が剝奪されておりますので、再試ということになりますね」

いつの間にか増えているのはその特別参加者らしい。

リックはその説明で納得したようだが、どこか険しい顔になっていた。

「高遠さんたち、少しよろしいですか？」

リックは、夜霧たちとライニールを呼び集めた。

「なに？」

「先ほどの説明からすると、おそらく塔内での戦いは避けられないでしょう。それが試練だというのなら挑むしかありません。ですが、この中にはどうあっても戦うべきではない相手がいるのです」

「さっきの人ですか?」

知千佳はちらりとメイド服の女を見た。すぐに動くつもりはないらしく、ぼんやりと突っ立ったままだった。

「ええ、彼女の名はテレサ。元王族で轟剣位の剣士です」

「その、位がどうのと言われてもよく知らないんですけど、強いんですか?」

知千佳には彼女の強さがよくわからなかった。独特の気配を感じはするが、知千佳が知るような達人の雰囲気ではなかったのだ。

「轟剣位は剣士の位階でいえば三位です。ちなみに私は王剣位ですので、七位。つまりまともに戦って勝てる相手ではありません」

「元王族があんな格好ってのは、そこまで落ちぶれたってことなんでしょうか?」

メイドに身をやつしているのだろうかと知千佳は考えた。

「気にするのはそこなんですか?」

リックが気の抜けたような声をあげる。するとテレサ本人が知千佳の疑問に答えた。

「この格好は趣味ですよ」

小声で話していたはずだが、こちらの会話は筒抜けのようだった。

「リチャードさん。こんなところで出会うとは奇遇ですね」

笑顔でテレサが近づいてきた。

「あなたこそどうしてここに」

あまり話をしたくはないのか、リックの声は平板なものになっていた。

「うっかり人を殺しすぎてしまいまして、聖王の騎士の資格を剝奪されてしまったのです。ですが、騎士でないと眷属出現時にお声がかかりませんし、人を相手にしても物足りません。そこで剣聖様にお願いしたところ、こうして機会をいただけたのです」

「そうですか」

ますますリックの声は固くなった。

「あまり歓迎されていないようですので、これでお暇《いとま》いたしますね。中でお会いした際にはよろしくお願いいたします」

そう言ってテレサは去っていった。のんびりと塔屋に向かっている。

誰かに聞かれるかもしれないと思うと、あまり話もしづらい雰囲気になっていた。

『さて、他にも何人か気を付けた方がよい者がおるな』

もこもこが耳打ちしてきたので、知千佳はあらためて周囲を見た。

『まずは髑髏《どくろ》面だな』

もこもこが指差す先には、全身を黒い布で覆った何者かがいた。男のような気はするが性別はわからない。髑髏の面だけが白く、浮いているかのように見えていた。

「なんであんなのが聖王の騎士を目指してんの!?」

どう見ても聖なる者とは思えなかった。

『そして、あれだ。我はこの世界の魔力とやらには疎《うと》いが、存在感が他とはまるで違う』

「あー、確かに存在感はんぱないね」

金色だった。

金のサークレットをつけ、金のローブを着込んだ優男《やさおとこ》だ。首には宝石を連ねたネックレスが幾重にもかかっているし、全ての指に派手な指輪を装着している。手に持っているのも、精緻な装飾が施されたいかにも高価そうな金色の杖だ。

見たところ魔法使いなのだろう。

一見馬鹿馬鹿しい格好ではあるのだが、それが下品ではなく様になっているように知千佳には見えた。

「いや、だから。剣士の選抜じゃないの、これ!?」

優男は、知千佳と眼が合うと、にこやかに手を振ってきた。

『次にあれだ。日本人だろう。転生やら転移やらで来ておるなら、何か能力をもっておるやもしれぬ』

ファー付きの白いジャケットを着た男で、確かに顔立ちは日本人だった。仲間らしき少女を三人引き連れている。

「女の子を連れてるあたり、橘《たちばな》くんを思い出すよね。親衛隊とかさ」

白い服を着た兎耳の少女に、軍服を着た少女に、その二人よりも一回りは小さな、ドレス風のワンピースを着た少女。どの少女も男を尊敬しているらしいのが窺えた。

『最後はあれだな。なんとなく気になるのだが、よくわからぬ。何かを隠しておるような気もするのだが』

薄汚れた外套をまとった、黒髪黒目の平凡な顔立ちの女だった。その佇まいには歴戦の勇士といった風格がある。それは知千佳にもわかりやすい強者《つわもの》の雰囲気だ。

そうやって知千佳が見ているうちに、ほとんどの者は塔の中へと入っていった。

「俺とライニールさんは一ポイントで、リックさんは十ポイント持ってる。壇ノ浦さんも確認しておいてよ」

「え？　教えてもらえるものなの？」

知千佳が要注意人物を観察しているうちに、夜霧たちはそんなことをしていたらしい。

「聞けば教えるって言ってたのに、みんな無視して行っちゃうんだもんな」

聞いてみれば、知千佳も一ポイントだった。

「なんで、リックさんは十なんだろ。剣士っぽいからなのかな……」

一ポイントの知千佳たちは、剣を持ってすらいなかった。

「あの、僕を誘った友人っていうのが、さっき魔法を使った女の子で、フレデリカさんっていうんですけど……どうしたらいいでしょう？　さすがに放っておくわけにもいかないんですが……」

ライニールが恐る恐る言う。その少女、フレデリカはまだぼうっと突っ立ったままだった。放心状態から抜け出せていないらしい。

「そうですね。先ほどの態度からすると下手に慰めるのも逆効果にも思えますし」

「そうなんですよ……というかですね、僕、魔神とか聖王とかよくわかんないままここに来てるんですよ。どうしたらいいですかね？」

リックが促すと、ライニールが怯えた声で答えた。

「そういや、あの子、魔神を倒すって言ってたけど……」

フレデリカの魔法は結界に阻《はば》まれて通用しなかった。確かに、結界が魔神を封じ込めるものなら、そんな簡単に外部から干渉できるわけがない。

だが知千佳は、どんな障害も問題にしない攻撃手段を知っている。

「ねえ？　高遠くんなら――」

魔神でも殺せるんじゃ？　知千佳はそう言おうとしてすぐに口を閉ざした。

――殺す理由がないだろ？　とか言いそうだよね。

現時点では魔神が何者なのかまったくわかっていないのだ。なんとなく邪悪そうだからというだけで殺すのは早計にすぎるだろう。先走った知千佳は反省し、夜霧を見た。

夜霧は気まずそうな顔になっていた。

「どうしたの？」

知千佳は首をかしげた。いつにない夜霧の反応だ。

「多分魔神？　あそこにいる瘴気の元を、うっかり殺しちゃったんだけど」

「……はい？」

夜霧は、結界の中心を指差していた。

「……けど、なんか、まずそうな気がしてさ。申し訳ないっていうか」

そう言う夜霧の視線の先では、リックがライニールに、魔神と聖王の千年に亘《わた》る戦いについて神妙に語っている。

確かに、「ついやっちゃったんだ」とは言い出しづらい雰囲気だった。

7話　詫び石がなければ死んでいるところでした

それは恩恵を与える者だった。

人々の祈りを聞き届け、望むままを与える。

それは、自らは何もせず、願いの善《よ》し悪《あ》しを気にかけることもない。それはただ、生贄の数に応じた恩恵を、機械的に与える者だった。

それはふらふらと人の世界を徘徊し、どのような願いも叶え続けた。

当然のように人々はそれを求めて争った。

それを一所《ひとところ》に留めておくなどできるわけもなく、必然、人々はそれのいる場所を奪い合うことになる。

たとえ恩恵が必要なかったとしても、それを他者が独占することは看過できないからだ。

人々は戦いに明け暮れ、欲望のままに願いを叶え続けた。

人類が半減するまでに、そう長い時はかからなかった。

このままでは人類は滅亡する。

人類の行く末が見えた時、人々はようやく己の愚かしさを自覚した。それが人の手に余るものだと、触れてはならないものだと気付いたのだ。

それは滅ぼすべきだ。少なくとも、人の手の届かぬ所に封じるしかない。

だが、それは著しく困難なことだった。

それは人のどんな攻撃もまるで意に介さなかったのだ。反撃をしてくるわけではない。ただ、何も通用しない。

すると、ある知恵者がこう言ったらしい。

「だったら簡単だ。あれにこう願えばいい。滅びろ、とね」

為す術のなかった者たちにそれは天恵とも思えた。

そして、すぐさまそれは実行された。

しかし、それ――その後魔神と呼ばれる者――はこの時初めてその意思を見せた。

「いいだろう。だが代償として、この世界に存在する全ての命をもらいうけよう」

魔神は牙を剝いた。

瘴気をまき散らし、眷属を生み出して、世界を蹂躙《じゅうりん》しはじめたのだ。

人々は手を取り合い、絶望的な戦いに挑んだ。だが、人間では眷属にすら歯が立たない。

人類は絶滅の危機に瀕した。

だがそこに、大賢者があらわれた。

＊＊＊＊＊

リックが千年前の戦いを、ライニールに語っている。

夜霧と知千佳は少し離れてこそこそと話をしているが、聞き耳は立てていた。

「そもそもいつ殺しちゃったの？」

「結界に入ってすぐ？　瘴気がどうとか言ってた時かな」

「相手ぐらい確認しようよ！」

「つい反射的に」

「ま、まあ、話を聞いてる感じだと、別に殺しちゃってもいいような気がするけど？」

あまり責めるのもどうかと思ったのだろう。知千佳は夜霧を慰めるように言った。

「どうだろ？　人間の自業自得な気もするけどね。あれ、魔神が悪いの？」

「うーん、そう言われると」

そもそもが、勝手な願いを望み続けた結果だろうと夜霧は思う。

「俺としては瘴気の源を断っただけではあるんだけどさ。結果的に魔神を殺しちゃってたわけなんだけど、話を聞いてると、そんな簡単に殺しちゃってよかったのか、って気がしてくる」

「あ、やっぱ気まずいとか思うんだ。高遠くんでも」

「そりゃね。なんていうのかな。害獣だと思って殺したら絶滅寸前の天然記念物でしたみたいな感じっていうか、薄汚い彫像をうっかり壊したら、重要文化財だったみたいな」

夜霧は歴史の重みのようなものを感じていた。

ここには千年の歴史があり、その間この地を守り続けた者がいる。突然やってきたよそ者が簡単に決着をつけていいものではないだろうと考えたのだ。

「ま、考えすぎても仕方ないか。黙ってりゃばれないし」

「軽っ！　そして立ち直り早っ！」

「俺に対して害があったのは事実なんだし」

おそらく、結界を張ったのは聖王で、故に結界はこのまま維持され続けるのだろう。ならば、魔神が死んでいると知られる可能性は、少なくとも当分の間はない。

死んだ魔神を封印し続けるのは無駄かもしれないが、今までそれでとれていたバランスが急に変わる方が問題だろう。夜霧はあっさりそう割り切った。

「じゃあ塔を下りよう。剣聖と話ができそうならして、王都に向かいたいし」

気付けば屋上にほとんど人はいなくなっていた。

残っているのは夜霧たちと、ライニールの友達だというフレデリカだけだ。管理役である魔導人形の姿もいつの間にか消えている。

茫然自失していたフレデリカだったが、気を取り直したのだろう、夜霧たちのもとへやってきた。

「石を持ってるんでしょ。よこしなさいよ！」

フレデリカは突きつけるように手を差し出した。

「え、その、どうするんですか？」

居丈高《いたけだか》なフレデリカの様子に、ライニールは怯えていた。端から見ている限りではとても友人関係とは思えない。

「魔力を回復させんのよ。で、ブーストってのもできるんでしょ？　今度は速度全振りで打ち込んでやるんだから！」

「あの、前に説明したと思うんですけど、詫び石は僕に紐付けられてて、他人には使えないんですけど……」

「はぁ？　だったらあんたいったい何のためについてきたのよ！」

「……別についてきたくてきたんじゃ……」

「ほんっと使えない！　もういい！」

怒りながらフレデリカは一人で行ってしまい、屋上には夜霧たちだけが残された。

「……ぼ、僕たちもそろそろ行きませんか？」

ライニールがまだ少し怯えた感じで提案する。

屋上には複数の塔屋があり、どこから階下へ降りるか選ぶのも、試練の一つらしかった。

「じゃああっちから」

夜霧はなんとなくフレデリカが向かったのとは別の塔屋を指差した。

異論は出なかった。

＊＊＊＊

「ぎゃあああ！」

壁から飛び出した槍がライニールの腹に突き刺さっていた。

罠だ。

運が悪かったのだろう。

夜霧は罠についても死の危険として位置を把握することができる。ほとんどの罠は既に起動していたり、先に通った者が解除したりしているのだが、たまたま残っていた最後の起動スイッチをライニールが踏んでしまったのだ。

塔屋に入り、階段を下りてすぐのこと。忠告する暇もない、あっと言う間の出来事だった。

「ライニールさん!?」

知千佳が慌てて駆け寄る。リックは落ち着いて抜刀し、壁から突き出ている槍を斬った。

支えを失ったライニールが床に倒れ、苦痛に耐えながら必死にポシェットをまさぐる。

次の瞬間、ライニールの体が光り輝いた。

そして、何事もなかったかのように立ち上がる。腹部の槍は押し出されて床に落ちていた。服まで完全に元通りになっているのは、真っ二つの状態から復活した時と同じだ。

「ふう、詫び石がなければ死んでいるところでした」

ライニールはどこかのんきな様子で額の汗をぬぐった。

「ライニールさんに関しては今後心配しないことにしますね!?」

どうせ詫び石でどうにかなるのなら、何があっても心配するだけ馬鹿らしい。

「いや、そう言われましても今も危ないところだったんですよ？　詫び石は手に持っていないと使えないんですから」

「だったらずっと手に持ってたらどうですか？」

「ああ！　ありがとうございます！　そんなことにも気付かないなんて！」

そう言ってライニールは左手に詫び石を持った。

「これだけだと不安ですね。そうだ、僕の手を何かでぐるぐる巻きにしていただけませんか？　僕のことですから、どうせ肝心な時に落としたりすると思うんですよ！」

「はあ、そういうことでしたら」

知千佳は言われたように、手持ちの飾り紐でライニールの左拳を縛り付けた。かなり固く縛ったので、石を落とすことはまずないだろう。

「その、星結晶でしたか。寡聞《かぶん》にして存じませんが、それはどのような効果を持つものなんですか？　見たところ、それはライニールさんにとって命綱ともいえる存在でしょう。我々も知っておいたほうが今後役に立てるかと思うのですが」

「ああ、そうですよね！　星結晶とか言われても普通わかりませんよね！」

リックの提案に、ライニールは素直に答えた。

「星結晶の使い道は三つあります。一つは完全回復。どんな怪我でも完全に回復し、魔力も最大まで充填されます。もう一つがブーストです。各種能力が一時的に大幅強化されます。瘴気に耐えられるようになったのは、この能力強化のおかげなんですよ」

「あの、いま一時的って言いましたよね？　それ、どれぐらい持つんですか？」

ふと気になり知千佳は聞いた。

「三十分程度ですね……って、ああっ！」

夜霧も気付いた。前回の使用からそろそろ三十分経つころだ。瘴気の源を断ちはしたが、おそらくこの周囲に漂っているのは千年前の戦いで発生したものだろう。依然、瘴気は消えていなかった。

「そ、それと星結晶でガチャを回すことができるんです！　これでアイテムを手に入れたり、仲間を呼んだり……と、とりあえず回しますね！」

「なぜ今!?」

ライニールが懐に右手を入れて、三つの星結晶を取り出す。

星結晶は輝きながら消え、何かがぽとりとライニールの前に落ちた。たわしだった。

「えーと……何か凄いたわしなの？」

「いえ。普通のたわしですね。たわし一年分です」

ハズレらしかった。

「と、とにかくこの局面を打開できるアイテムを出さないと！」

「……この人の運の悪さと合わせて考えると、星結晶ってあんまり役に立たないんじゃ……」

ライニールがどうにか破邪の指輪を入手できたのは、星結晶が残り三個になった時点だった。

「ふう、とにかく助かりました。これは状態異常への耐性を上げてくれる指輪みたいですね」

塔に入っていきなりライニールが死にかけたりしたが、ようやく落ち着いたので夜霧はあたりを見回した。

壁や床は灰色の石でできている。バトルエリアということだろう。明確な説明はなかったが、セーフエリアが戦闘禁止なのだから、その意味は容易に想像できる。

通路は直線的に構成されていた。曲線があらわれるのは、外周部ぐらいなのかもしれない。

「下に行くしかないんだけど、ポイントはどうするんだろうね」

「素直に考えれば、戦って奪い合うということかもしれませんが。どんな条件でポイントが変動するのかがわかりませんね」

「とりあえず進むしかないと思うけど。ライニールさんは本当に気を付けてね！」

知千佳が念を押した。

他に選択肢はないので、一行はそのまま前に進んだ。

すると通路が白くなった。セーフエリアなのだろう。セーフエリアに入ってすぐのところに、木箱が置いてあった。

「何でしょうかね？」

「ライニールさんは近づかないでね？」

「俺が行くよ」

夜霧が箱に近づく。中は空だったが、紙が貼り付けてあり文字が書いてあった。

『一ポイント』

「誰かが取った後みたいだけど、ポイントが入ってたみたいだ。こうやって集めるのかな？」

「だったら、のんびり後から入った私たちって思いっきり不利な気が……」

「それに、こんな調子だと、百ポイントって大変だな……ちょっと待って」

木箱が微妙に傾いているのが気になった夜霧は、木箱をずらしてみた。すると下から十センチ四方ほどの金属プレートがあらわれた。

この世界の言語で一と書かれていて、ぼんやりと輝いている。夜霧が拾い上げると、輝きは失われた。

「これで一ポイント獲得なのかな」

なんだかゲームをしているような気分で、夜霧は少しだけ楽しく感じていた。

8話　剣士って言葉の拡大解釈がひどすぎませんか!?

通路はまっすぐに続いていた。ここから先はまた灰色の通路、バトルエリアとなっている。

罠はほとんど起動した後で、少なからず犠牲者が倒れていた。

ほぼ危険はないはずだったが、ライニールの運の悪さを考えるとまた罠にひっかかってしまうおそれがある。

そこで、夜霧がこっそりと罠を壊した。殺傷力のある罠の位置は察知できるらしく、存在を認識できれば殺せるとのことだった。

「残り三個って話ですけど、大丈夫なんですか？」

心配になった知千佳はライニールに念押しした。これでは三回致命傷を負えばもう後がない。

「はい、零時になると、お詫びのメッセージが届くんです。そして、その日の不運な出来事に応じて星結晶が補塡されるんですよ。ですから、深夜までどうにかやり過ごせば大丈夫なんです！」

「なんにも大丈夫じゃないですよ!?　今の勢いで死にかけてたら深夜までもたないじゃないですか！」

そんな話をしている間に、通路の突き当たりに到着した。そこには扉があり、文字が書かれている。

『出られるのは一人だけ』

知千佳はこの世界の文字をまだ理解していないので、夜霧が読み上げた。夜霧はコンシェルジュからもらった異世界言語辞書を読みこみ、ほぼマスターしているのだ。

「扉から魔力を感じます。試練の一つでしょう。おそらくはこの文字通りの内容なのでしょうが……」

「だったら簡単ですよ。一人しか出られないなら、一人だけが入ればいいんです」

試練の内容を推し量るリックに対し、ライニールは簡単に答えた。

「そんな簡単なことでしょうか？」

「じゃあまず僕が入ってみますよ。僕なら詫び石がありますから、死にそうな目に遭《あ》っても大丈夫です！」

「残り三個なのに、本当に大丈夫なんですか？」

「大丈夫ですよ。ほら、壇ノ浦さんにぐるぐる巻きにしてもらいましたし！」

そう言ってライニールは、知千佳が紐を巻き付けた左手を掲げた。

「うわぁ、その自信満々なところが、ますます不吉な感じなんだけど……」

知千佳は、少々薄気味悪いものをライニールに感じはじめていた。星結晶で復活できるとはいえ、あまりに周囲の状況に無頓着だし、生に対する執着がなさすぎるように思えたのだ。

「まあまかせてくださいって！　最悪死んだとしてもご迷惑はおかけしませんから！」

ライニールが扉を開ける。入ってすぐのところに壁があり、通路が右側に続いていた。

ライニールが意気揚々と中に入ると、扉は自動的に閉ざされた。

「一人で入るのはいいけどさ。ここ以外に出口があるとして、そこから無事に出られたかはどうやって判断するんだよ。それにライニールさんがクリアしたら、俺たちはこの試練に挑戦すらできなくなるってことは？　この作戦、穴が多すぎない？」

「あ」

もっともな疑問を夜霧が呈したが、それは心配するほどのことでもなかった。

「ぎゃあああああああ！」

すぐにライニールの叫びが聞こえてきたからだ。つまり、無事ではないことがわかった。

「入ろう」

「結局、一人で行かせたことに何の意味もなかったね……」

「なんと言いますか、ただ彼を危険な目に遭わせただけのような……」

だが、これもライニールの運勢が絶望的に悪い証拠なのかもしれない。

扉を開けて三人で入る。右に進めば、すぐに通路は左に折れて、その先に部屋が広がっていた。

血臭が漂っていた。中にはばらばらになった人間の体が散乱している。それは一人や二人ではない。十数人の体が、元に戻しようがない状態で血だまりの中に転がっているのだ。

「ライニールさん!?」

部屋に入ってすぐのところにライニールの左腕が落ちていた。知千佳の飾り紐が巻き付けてあるので見間違えようがない。

——まさかこの中に！

知千佳が慌てて部屋を見回せば、ライニール本人は少し離れたところで、もがいていた。失ったのは左腕だけのようで、それだけなら運がよかったともいえるが、星結晶を左腕に固定したのにまるで意味がなくなってしまったのは、やはり運が悪いということなのだろう。

リックが抜刀し、部屋の奥に立っている人物へ剣を向けた。

メイド服の女が立っていた。

リックが、轟剣位のテレサと呼んだ女だ。

聖王の騎士の資格を剣奪されているとのことだが、この様子を見れば剣奪の理由もわかろうというものだった。

「これは、あなたが？」

リックが慎重に問いかけた。その声には尋常ではない緊張感が漲《みなぎ》っている。

「ええ。けれど責められるいわれはないと思うの。この部屋の仕掛けをご存じかしら？　二人以上が部屋に入ることで試練が始まり、内側から扉が開かなくなるのです。そして一人だけになった時点で出口の扉が開くようになる。つまり、殺し合えということです」

「その通りかもしれませんが、あなたは先ほどまでこの部屋に一人だった。ならば部屋を出ることができたのでは？」

「ええ。この部屋の試練は終了しています。私は出ることができたし、仕掛けが機能するのは一度きりのようですから、本来ならあなた方は労せずしてこの部屋を通過することができたわけです」

「つまり、通すつもりはないと？」

女は扉の前に立ちはだかっていた。その意図は明白だ。

「あの黒い方がおっしゃっていたことはあながち間違いでもないと思うのですよ。剣聖様はあの場では苦言を呈されましたが、この場でも同じことをおっしゃるでしょうか？　結局のところ聖王の騎士とは強者のことなのですから」

黒い方とは、皆殺しにすれば合格なのかと聞いた、黒衣の剣士のことだろう。

彼女はあえてここに待機し、ライバルを減らすつもりのようだった。

「強さだけが判断基準ならばあなたが資格を剝奪されることはなかったはずです！　あなたはそんなこともわからないんですか！」

ただ立っているだけのメイド服の女と、隙なく剣を構えるリック。その姿は実に対照的だった。

リックの構えは、恐怖が取らせたのだろう。リックが彼女に剣を向けているのは、彼女との間に壁を作ろうとしているにすぎない。知千佳にはそう見えていた。

「壇ノ浦さん、まずいですね。最悪の状況です」

「とても、強いんですよね？」

リックが、戦うべきではない相手としてテレサを挙げていたことを知千佳は思い出していた。

「そうですね。自分で言うのもなんですが、絶剣位か剣聖様でもつれてこない限り勝てないと思いますよ？」

テレサが微笑みながら答えた。

小声で話していたはずだが、屋上と同じでこちらの会話は聞かれてしまっている。これでは逃げる相談もおちおちしていられない。

「すでに手は打っていますので、入り口からは逃げられませんよ」

知千佳の考えを読んだかのようにテレサが言う。背後を確認した知千佳は逃げ道が塞がれていることに気付いた。

「リックさん、気を付けてください！　細いワイヤーがいろんなところに仕掛けられてます！」

知千佳の視力はここでも役にたった。普通なら見えないような、極細のワイヤーが部屋中に仕掛けられていることを看破したのだ。

「ええ、彼女の手口は知っています。彼女は細い糸状の剣を用いるのです」

「剣士って言葉の拡大解釈がひどすぎませんか!?」

どう見てもこれは糸使いだろうにと知千佳は思う。

「さて。有象無象《うぞうむぞう》が生き残っては剣聖様もお困りでしょう。せめて私の攻撃をかいくぐって、この部屋を出ていけるぐらいの甲斐性をお見せくださいな」

途端に空気が震え、リックが剣を振り上げると甲高い金属音が響き渡った。

常人では何が起こったのかまるでわからないことだろう。だが知千佳は、落ちてきたワイヤーをリックが迎撃する瞬間を目撃していた。

リックの剣が縦横無尽に動く。途切れる間がないほどの、連続的な金属音が鳴り響いた。様々な方向から迫ってくるワイヤーをリックは防ぎ続けているのだ。

それはテレサの技量のためなのか、材質のおかげなのか。ワイヤーは一本たりとも断たれてはいなかった。弾かれはするものの、軌道を変えて再び襲ってくるのだ。

「くっ！　……ここは私がどうにか食い止めます。あなた方は隙を見て出口へ！」

高速で迫り来るワイヤーを見事にさばきつつも、リックの言葉は苦渋に満ちていた。

知千佳にもわかっていた。

テレサは遊んでいる。試験官ごっこに興じているということか、リックがなんとか対応できる程度に攻撃を抑えているのだ。

リックは薄氷《はくひょう》を踏む思いだろう。テレサはリックの実力を把握した上で、全力を出させようとしている。一瞬でも気を抜けば、力を出し切れなければ、その瞬間に終わりがくる。

「死ね」

しかし、その戦闘は夜霧の一言であっさりと終焉を迎えた。

リックの一撃がまとめてワイヤーを叩き斬る。テレサは倒れ、そして動かなくなった。

「あのさ。戦いに夢中になるのはいいけど、ライニールさんのこと忘れてない？」

夜霧が呆れたように言った。

「あ、そうだった！　詫び石使ってないじゃん！　ライニールさん、大丈夫ですか！」

知千佳はライニールに駆け寄った。

「……いったい、何が……」

リックはぽかんとした顔で、動かなくなったテレサを見つめていた。

9話　どんなクソゲーなんでござるか、この異世界！

リックに自分の能力をどう説明するべきか、夜霧は少しばかり考えた。

敵にならら知られても構わない。どうせ殺すか脅すかする相手だし、どう思われようとも構わないからだ。

知千佳に能力のことを知られるのも構わなかった。それで嫌われようと、彼女を元の世界に帰すと覚悟を決めているからだ。それに、ずっと一緒にいる相手に隠し続けるのも無理があるし、だいいち面倒くさい。

だが、多少交流ができたばかりの相手に説明するとなると、微妙なところだった。

力は見せてしまったので、黙っているわけにもいかないが、ではどこまで説明すればいいのか。

全てを知った相手のほとんどがどんな態度を取るのかを、夜霧は嫌になるほど知っていた。

「俺、むちゃくちゃ運がいいんだ。ライニールさんの反対？　って感じで」

運がいいで押し通すなどあまりにも無茶だが、考えただけで相手が死ぬと説明するよりはよほどましだろう。

「……え？　今のはもしかして私に？」

ぼうっと突っ立っていたリックが我に返った。

「うん。あの人が急に倒れたのもきっとそのせいだよ。俺に都合良く、心臓発作か何か起こしたんじゃないかな？　多分」

「心臓発作？　馬鹿な。轟剣位の剣士がそんな……いや、確か彼女は一時期幽閉されていたはず。彼女が捕らえられるなど何があったのかと思っていたのですが、もしや先天的な欠陥が……」

——信じるとは思わなかった……。

普通なら信じないだろう。だが、リックには思い込みが激しい面がある。

ライニールのような、極端な運勢を持った存在。事実テレサが倒れている状況。そして、以前から知っていたテレサの境遇。それらを総合して折り合いをつけたようだった。

「ライニールさん、助かりましたよー」

のんきな知千佳の声が聞こえてきた。元々それほど心配はしていなかったのだろう。

「いやぁ詫び石を固定していてもまっさきに腕を斬られたらどうしようもないですね！」

「……手で持たないと使えないなら、両腕をふっとばされたら詰みますね……」

ライニールはポシェットから石を取り出すのに手間取っていたようだが、知千佳が手伝って事なきを得たらしい。

「とりあえずここは出ようよ」

夜霧が提案した。

もちろん反対する者などいるわけがない。死体の散乱するこの部屋は、あまりにも血なまぐさすぎるからだ。こんな場所に長居したいと思う者はいないだろう。

テレサが守っていた扉から出ると、下り階段があった。

ここに危険な罠はない。そう判断した夜霧は先頭に立ち、階段を下りる。下りきった所に扉があり、そこにも文字が書かれていた。

『一度階下に行くと、戻ることはできない』

「行動範囲を狭めて戦わせたいってことなのかな」

夜霧はそう考えた。この広い塔を皆が闇雲に動いていては、そう簡単に戦闘は発生しないだろう。

「警告の意味もあるのではないでしょうか。探索は十分にしたのかという」

リックの意見にも一理ある。だが、夜霧は戻る気にはなれなかった。

「ま、先に進むしかないんだけど」

扉を開ける。

白い通路が真っ直ぐに延びていた。見える範囲はずっと、セーフエリアらしい。

「安全なのかな?」

知千佳がきょろきょろとあたりを見回している。夜霧も確認してみると、通路の右側に受付カウンターのようなものがあり、黒いドレスを着た魔導人形が中に座っていた。

見た目は屋上で見た人形と変わりない。夜霧は同型機が塔内で稼働していると聞いたことを思い出した。

「こんにちは。九十八階到達おめでとうございます。この階は全てセーフエリアとなっております。Aが説明したとは思いますが、セーフエリアで戦闘を行った場合、即座に失格となりますのでご注意ください」

「それって、仕掛けた側だけが失格だよね？」

失格でも構わない夜霧だが、その場合わずらわしいことになりかねない。ルールに沿って動いた方が面倒はなさそうだ。

「はい。その点はご安心を。もっとも、失格になるだけとも言えますので、警戒は怠らないことをおすすめいたします」

つまり失格覚悟で戦闘行為に及ぶことは可能なのだ。

「さて。この階には試練に関して重要なものは何もありません。このまま真っ直ぐに進んでいただくと、扉があり階下へ繋がっております。ですが、この階には宿泊施設のご用意があります。こちらで休憩していただいてもよろしいかと」

通路を見てみると、両側に扉がいくつも並んでいた。それらが宿泊施設なのだろう。

「とりあえず安全らしいから話をしたいんだけどさ。俺たちは一緒に行動しない方がいいんじゃない？」

なんとなく同行を許していた夜霧だが、試練がここまで悪意に満ちているなら話は変わってくる。先ほどの部屋も最初に入っていたなら殺し合いをするはめになっていたのだ。今後も似たような試練が続くなら、馴れ合っている場合ではないだろう。

「そうですね。思っていた以上に試練は過酷なようです。ですが、本当に大丈夫ですか？」

「俺たちは大丈夫」

「僕もまあ、部屋に閉じこもって深夜まで待てば詫び石の補充はできますし」

「ライニールさんは、それでも大丈夫って気がしないですけどね……」

知千佳は心配しているようだが、夜霧はライニールのことなどどうでもいいと思っていた。さすがに目の前で死なれては寝覚めが悪いが、どこかで勝手に死ぬ分にはそういうものだと思うだけだ。

もちろん、全ての障害を殺しながら進むことはできる。そうすれば全員で安全に進むことも可能だろうが、そこまでする義理はないと夜霧は思っていた。

最優先するのは知千佳の安全だからだ。

自分の身なら確実に守れる。知千佳だけでもなんとかなるだろう。だが、そこに他人が加わればリスクは途端に跳ね上がる。彼らを守ろうとして、知千佳への注意が疎《おろそ》かになることだけは避けねばならなかった。

「わかりました。では、私は一足先に行くことにしましょう」

本気で聖王の騎士を目指すなら、こんな序盤で休んでいる場合ではないだろう。

先ほど見たようにアイテムなどは早い者勝ちだし、先に進んだ方が有利な局面は多々あるはずだからだ。

「この後の試練で出くわさないといいけどね」

夜霧はそう願った。

「そうならないことを祈っております。では、ご武運を」

リックはこのまま進み、夜霧たちはこの階に留まることになった。

＊＊＊＊＊

賢者アオイは、魔獣の森を出るべく歩いていた。

背後には花川大門と名乗った小太りの少年がついてきている。

「というわけでですね、リクトの野郎は拙者をブタくん呼ばわりでござるよ。いや、助けてもらっておいて文句を言う筋合いはないとお思いかもしれませんけどね!?　まあ、見目麗しいエルフの少女たちまでが拙者をブタ呼ばわりというのは、それはそれでオツなものかもしれませんが！」

助けるとも、ついてこいとも言っていないのだが、花川は勝手にアオイの後ろを歩いている。

最初のうちはどうでもいいとアオイは思っていた。どうせ森を出た所で飛空艇に乗り込むのだ。

そこまでの間、魔物避けに使われるぐらいは構わない、と。

だが、彼の話に高遠夜霧と壇ノ浦知千佳の名が出たところで、無視することはできなくなった。

その二人は次のターゲットだからだ。

「君、森で待機しろって命令されたんでしょ？　それは大丈夫なの？」

「ぐふふふっ！」

花川は実に気味の悪い笑みを浮かべた。アオイは、鬱陶《うっとう》しいからこの場で殺してしまおうかと少しだけ考えた。

「こんなこともあろうかと！　実はこの奴隷の首輪！　三日で隷属の効果が切れるように設定してあったのでござるよ！　常に隷属命令を上書きし続ける必要があるという寸法でござるな！　三日の間、不当な命令を堪え忍び！　奴らが拙者を完全に信用したところで、寝首をかいてやろうという筋書きだったのでござるが！　まさか森で放置プレイとは思いもよらぬでござるよ！」

「ふーん。一応言っておくけど、ボクにその手のアイテムは通用しないからね？」

「ま、まさか、そんなこと、毛の先ほども考えてはいなかったでござる！　ほ、ほら、こんなものもういらないのでござるよ！」

花川は慌てて首輪を外して投げ捨てた。その焦り様からすれば考えてはいたのだろう。

「ま、いいけどね。それより、この森を出られるのなら、ボクについてきてもらおうか」

「はい？　え、いや、その、拙者、ボクっ娘《こ》はそれほど趣味というわけでもなくてですな。とりあえずこの森を出られればそれでよかった感じなのですが！」

「その二人については不確定な情報しか聞いていなくてね。そいつの能力を目撃してるのなら役に立つこともあるかと思うし、知り合いだというのなら実に都合がいいんだよ」

「その、そういうことでしたら全てお話しいたすのですが！　先ほどからなんとなく高遠の能力をぼやかした感じで話しておったのは、出し惜しみしておけば、後々値をつり上げることもできるかなー、なんていう邪（よこしま）な思いからというものでして、別についていきたいとかそんなんじゃないんですが！　というか、あいつに会った瞬間に殺されるかと思うのですが！」

「うん。値段は十分につけるよ。ボクは賢者だ。たいていの物は手に入れることができるからね」

「だから、ついていく必要はないのでは!?」

「これから、ハナブサって所に向かうからさ。移動中に話を聞かせてよ」

話しながら歩いているうちに森を抜けた。

そこには平原が広がっている。

竜の平原と呼ばれており、賢者シオンが異世界から修学旅行中の高校生たちを召喚した場所だった。

「あれでしょ。君が乗ってきたバス。大破してるけどさ」

平原には後ろ半分がなくなっているバスがあった。何かが通りぬけたような跡が森に続いているので、投射系の魔法でそうなったのだろう。

「そうですな。ん？　そういえば、森に行く途中で、ドラゴンの死体を見かけたような気がするのですが……」

「ドラゴン？　あれかな。尻尾だけ落ちてるけど」

バスのそばに、尻尾の先らしき部位が落ちている。少々おかしな光景だった。ドラゴンの死体があったとして、それを捕食するような生物はこのあたりにはいないはずなのだ。

「まあいいか」

だがここで何があったとしてもアオイには関係がない。それ以上は気にしないことにした。

少し歩いた所に、円盤型の飛空艇が停泊していた。

アオイたちが近づくとハッチが開き、ステップが下りてきた。

「じゃあ行こうか」

「いやあああああ！　絶対、絶対殺されてしまうでござるよ！　もう二度と会いたくなどないのでござるぅ！」

アオイは、嫌がる花川にナイフを突きつけた。

「ふっふふふっ！　こんなものが脅しになるとでも!?　拙者、ヒーラーでござるから、この程度のナイフで傷つけられたところで瞬時に回復できるのですが！」

「ボクの戦いを見てなかったの？　能力の無効化ができるんだけど、試してみる？」

「なんだって拙者の前にはそんなとんでも反則チート野郎ばかりが出てくるのですか！　どんなク

ソゲーなんでござるか、この異世界！　ゲームバランスってもんを考えやがれでござるよぉ！」

「まあボクの視点で見ればある意味バランスはとれてるんだけどね」

「というかですね、能力の無効化とかできるんだったら拙者の情報などいらないのでは!?」

「ボクの能力も万能ってわけじゃないからね。どんな相手かをわかった上で対応を考える必要があるんだ。そういうわけだからさっさと乗ってよ」

抵抗する花川を飛空艇へ押し込みながら、搭乗する。

向かうのはガルラ峡谷。夜霧たちが向かったとされる場所だった。

10話　古びた旅館でよくある怪談の類と思えば

魔導人形に案内された部屋の扉を開けた瞬間、知千佳はその場で硬直した。

さすがにこんな怪しい塔の中で別々になるのは問題なので、夜霧と知千佳は同室になったのだが、そこは大きめのベッドが一つあるだけのこぢんまりとした部屋だったのである。

「高遠くん。念のために言っておくけど、二人っきりじゃないからね。もこもこさんも……って、もこもこさん!?」

我に返った知千佳は慌てて釘を刺そうとして、もこもこがいないことに気付いた。

「いないね」

「いつも鬱陶しいぐらい目の前をちょろちょろしてんのに、こんな時だけいなくなるんかい！」

知千佳は慌てて部屋を見回した。

いた。

もこもこは半分壁にめり込んでいた。

「って、何やってんの！」

『うむ。我がおってはやることもやれんようだしな。気を利かせて姿を消しておこうと思ったのだが、ちょっとばかり興味はあるので、こうやってこっそりと覗こうと思ってだな』

「中途半端だな！」

『我のことは気にするな。ほれ、古びた旅館でよくある怪談の類と思えば』

「気になって仕方ないわ！　って、高遠くんはなんで脱ぎだしたの！　気が早すぎない!?」

もこもこと言い合っている間に夜霧は部屋の中に入っていき、制服を脱ごうとしていた。

「ん？　パジャマに着替えるんだけど」

知千佳たちはほとんど手ぶらでここにやってきている。他の参加者も似たようなものなのか、部屋にはパジャマや下着が用意されていた。

『ほほう？　満更でもなさそうではないか？』

「何が!?」

『拒絶はしておらんではないか？　気が早いということはだ。ゆっくり、たっぷり、ねっとりと時間をかければいいということなのだろうが？　ん？』

「もこもこさんはもう黙ってて！」

『まあ、その気がない者を煽ったところで仕方ないのだがな』

もこもこがベッドを指差す。

夜霧はさっさと着替えをすませてベッドに入り、すでに寝息を立てていた。

「なんなんだこの男は……私に興味があるのかないのかどっちなんだ……」

知千佳は一人で騒いでいたのが馬鹿のように思えてきた。

いつまでも入り口で突っ立っていても仕方ないので、知千佳もベッドに近づき勢いよく腰掛ける。

ベッドは大きく揺れたが、夜霧はぐっすりと眠ったままだった。

『ま、それはさておきだ。この塔は何やら怪しいな』

「そりゃ私にもわかるけどね」

『仕掛けなどもそうだが、そういう物理的な問題ではない。実はな、ここに来てからこの塔は、我を連れ去ろうとしておるのだ！』

「……こんなの連れ去ってどうするつもりなんだろう……」

もったいぶって話すもこもこだが、知千佳が気になったのはまずそれだった。

『少しは心配してくれんと話を続けづらいのだが？』

「えーと、感情的にはどうでもいいって思ったけど、実利的にはもこもこさんがいなくなるとちょっとまずいよね」

『う、うむ。それでだな。この塔は死者の魂を一カ所に集めようとしているようなのだ』

「え？　それって大丈夫なの？」

もこもこのことはともかくとしてそれが意図的なものなら、ずいぶんと邪な企みのように知千佳には思えた。

『我ぐらいになればこの程度はどうということもない。が、いろいろときな臭い。十分に気を付けるがいい』

「気を付けろって言われてもなぁ」

そう言われても、漠然としすぎているし、今できることは特にない。

ちらりと夜霧を見る。まったく無防備なあどけない寝顔をしていて、知千佳は少し可愛いと思ってしまった。

「ま、それはともかくとして」

夜霧が寝ているとはいえ、この場で着替えていいものかと知千佳は悩みはじめた。

＊＊＊＊

受付で鍵をもらい、案内された部屋に入ったライニールは、何もせずにじっとしていた。

余計なことをすればまた不運な目に遭うかもしれない。被害を最小限にするには、何もしないことだと、ライニールはこれまでの人生で学習していた。

夕食がサービスされると聞いても断っていた。ライニールが食中毒にかかるのはしょっちゅうだし、これまでには何かの手違いで毒が入っていることすらあったのだ。

大きめのベッドが一つあるだけのこぢんまりとした部屋だ。ライニールはベッドに腰掛けて、ただ時が過ぎるのを待っていた。

視界の端に常に表示されている時刻を確認する。

23時50分。

もう少しで日付が変わるが油断はできなかった。部屋に閉じこもっている程度で安全なら、これまで何度も死に戻ったりはしていない。

この試練に挑みはじめてから、死んだのは十五回。そのたびに王都に戻ってしまい、ようやくここまで辿り着いた。

なぜ死ぬとわかっていてわざわざこの地にやってくるのか。その理由は簡単で、王都にいても死んでしまうからだ。

それは、死を具現化したような存在だった。

人の形をした、人ではないもの。

禍々《まがまが》しいまでに黒く、全身に刃を備えたそれは殺意の塊だった。

どこに逃れようと、ライニールは必ずそれに殺される。

だが、ここに来れば、それに殺されることだけはなかった。

どうやら、この地にある結界は、その何者かの認識を阻害する効果があるようなのだ。

「いい加減セーブポイントを更新してもらいたいんですけどねぇ」

だが、死に戻り地点は女神のさじ加減一つなので、ライニールにはどうしようもないことだった。

ベッドに腰を掛けて待つ。

0時0分。何事もなく日付が変わり、視界の端にメールアイコンが点灯した。

いつものことなので、メールは確認せずに、ポシェットを確認する。これは星結晶専用の魔法のポシェットだ。星結晶しか入れることはできないが、見た目よりも中は広くなっている。

中にはじゃらじゃらと大量の星結晶が支給されていた。だが、ライニールは首をかしげた。今日の不幸度合いに見合わない量だったからだ。

なので、ライニールはメールを確認した。

・【お詫び】ゲームバランスを著しく損なうステータス異常について
・【お知らせ】サービス開始二十周年記念プレゼント！
・【お知らせ】二十周年記念、ＵＲ《ウルトラレア》確定ガチャ開催！

この世界に転生してもう二十年が経つらしい。

お知らせを読んでみれば、二十周年記念で星結晶が八十個も支給されていた。お詫びが二十個なので合計百個の大盤振る舞いだ。

ＵＲ《ウルトラレア》確定ガチャも開催されるとのことで、ライニールは早速やってみることにした。ちなみにレア度は、Ｃ《コモン》、Ｒ《レア》、ＳＲ《スーパーレア》、ＳＳＲ《スペシャルスーパーレア》、ＵＲ《ウルトラレア》の順に高くなる。

ライニールは、ポシェットから五個の星結晶を取り出し、握りしめて念じた。

すると、目前の空間が突然輝きだした。

あまりのまばゆさにライニールは目を閉じた。初めての経験だが、これこそがUR《ウルトラレア》確定の演出なのだろう。

光がおさまると、ライニールの目の前に女が立っていた。

女は豪華な衣装に身を包みながらも、豊満な体を露出過多気味に見せている。

全身は黄金に輝いていて、周囲にキラキラとした何かが舞い散る謎のエフェクトまでも発生していた。

まさにUR《ウルトラレア》に相応しい偉容といえるだろう。

だがライニールは、その女にありがたみというものをまるで感じていなかった。

「ああ……なんとかぐわしきあの方の匂い……まるであの方に抱かれているかのよう……」

女は、ライニールのことなどそっちのけで恍惚とした表情になっていたからだ。

それにその女には見覚えがあった。彼女は、ライニールをこの世界に転生させた女神だったのだ。

「あの……」

黙っているといつまでも放置されそうな気がしたので、ライニールは恐る恐る女神に話しかけた。

「あ、ごめんね。ついこの匂いを胸一杯に吸い込むのに夢中になっちゃって」

深呼吸していた女神が、ライニールに向き直った。

「どういうことなんですか？　あなたがあらわれるなんて」

女神とは前世で死んだ時に会って以来だった。たまに生き残るためのヒントをもらうこともあるが、その程度の関係だ。

「ああ！　それは簡単。単にここに来てみたかっただけ。すぐ帰るから」

「あの、UR《ウルトラレア》の仲間は……」

ライニールは淡い期待を込めて聞いた。

「ごめんねー。ぬか喜びさせちゃって。これ写し身だからほとんど力がないのよぉ。それにリソースのほとんどを演出に割いちゃってるからさぁ」

「演出ってそのキラキラ輝いたり、羽衣みたいなのがふわふわしたりしてるやつですか……いえ、それはいいんですが、だったら最初からそう説明してもらったら……」

期待せずにすんだのに。そう思うライニールだったが、表だっては言えなかった。

「建前って必要なのよ、システム上はね。私から無理矢理ここに来たら奴らに絶対気付かれるし、全てが台無し。あなたに召喚されたって形式を取ることでいろいろ潜《くぐ》り抜けてるわけ」

よくわからなかったがライニールはそういうものだと受け止めた。

「確かにわけのわからない奴が追ってくることはなくなったんですが、この後はどうしたらいいんですか？」

「好きにしたらいいんじゃない？　力は与えてるんだから、それを駆使して異世界生活をエンジョイしたら？」

「力って千鳥足の漂流者《ランダムウォーク》ですか？　これ、毎回状況がちがうから、前回の知識がまるで役に立たないんですけど。今回だって、前回とは違う人と同行しましたし」

星結晶はあくまで運勢に対する補償でしかない。ライニールが転生時に与えられた力は、死ぬたびに少し前からやり直せる能力だった。

「もちろん、同じ状況を何度もやり直すってタイプの力もあるけどさ。この手の力ってよほどうまくやらないとすぐに詰むよ？　こっちの方がまだましだと思うけどね。何度も繰り返せば、初期配置がいい感じになってうまく生き残る可能性があるし」

「その、ここに行けって言ったのはあなたですよね？」

ライニールは、フレデリカに同行することを勧められたのだった。

「別に？　ヒントを与えてるだけだし、どうするかは自由だよ？」

本当にそうなのだろうか。のんきなライニールも、女神のヒントとやらは単なる誘導ではないかと思いはじめていた。

女神はここに来たかったのだ。

だが、その理由まではわからないし、ライニールを利用する意図もわからなかった。

「ま、それじゃ困るっていうなら、こんなとこまで来たわけだし、とりあえず聖王の騎士でも目指してみたら？」

「そんな無茶な。だったらやり直しますよ。この塔だって危険だらけじゃないですか」

確かに禍々しい殺戮者に殺されることはなくなったが、この塔の危険もさほど変わらないだろう。場所が限定されてしまっている分状況は悪化しているともいえる。

「あ、それもう無理。私が観察した時点でここまでの状況は確定しちゃったから。つまりセーブポイントはこの部屋ってことね」

「そんな……」

ライニールは愕然とした。これではこの塔に閉じこめられたも同然だ。

「じゃあね。この体は置いていくから。数時間で分解するけど、それまでは好きに使っていいよ」

「どういうことですか？」

「この世界に物を送り込むのは比較的簡単なんだけど、持ち出すのは難しいのよ。だからこの体は遠隔操縦してるわけ。じゃ、そういうことで」

言いたいことは全部言ったのか、次の瞬間、女神の体は糸が切れた操り人形のように崩れ落ちた。死んだわけではないようだが、そこに女神の意思はない。ただ肉の塊が残されているだけだった。

＊＊＊＊

魔導人形は、ぼんやりと輝く壁面を見つめて首をかしげていた。

試練の進捗《しんちょく》に大きな問題はなく、緊急に対処すべき案件はない。だが、気になる点がいくつか存在したのだ。一つ一つは取るに足らなくとも、あまりに重なりすぎるとそれはそれで問題となってくる。

ここは塔の地下だ。

十メートル四方ほどの石造りの部屋で、一面が大きく開口している。そこからは峡谷を、魔神とその眷属の姿を確認することができた。この部屋は崖際に存在しているのだ。

月明かりが入ってくるとはいえ部屋の中は薄暗い。だが、壁面に映し出される映像がうっすらとあたりを照らしていた。塔内部や結界の状態についての情報がそこに表示されているのだ。

ここは塔の全てを制御する中枢であり、魔神封印結界の要《かなめ》となる場所だった。

「どんなもんだよ？」

そこに老爺《ろうや》、剣聖があらわれた。

「選定の進捗は順調です。ですが、気になる点がいくつか。まず第一結界の外側の状況です。複数の何者かの動きが見られました。詳細は不明です」

第一結界は塔周辺を覆う大規模なもので、塔と魔神の存在を隠蔽していた。

結界内部からも外部を窺い知る術はなく、定期的な偵察によって周辺状況の監視を行っている。

魔導人形を送り込んでいるのだが、周囲をうろつく者がいる以上のことはわかっていなかった。

「そりゃ様子を見るしかないな。ただの通りすがりってこともあるしよ」

だが、人里離れた峡谷に無目的でやってくる者はいない。警戒の必要はあるだろう。

「次に塔の内部ですが一日目の死者が普段よりも多いです。これは、大部分が轟剣位のテレサ様によるものです」

「あいつに参加を許した時点でこうなることは予想できたけどな。が、どうせほとんどは死んじまうんだ。遅かれ早かれってこったろ」

「なぜ、こんな面倒なことをするのでしょうか？」

魔導人形は、以前から疑問に思っていたことを訊いた。

結界の維持のためにはソウルが必要であり、ソウルを得るには塔内部で人が死ぬ必要がある。ならば回りくどいことをせずとも、塔に入れた時点で皆殺しにしてしまえばいいはずだ。

「毎回ほとんど死んじまうから、ソウル集めだけが目的だと思ったのか。別に皆殺しにするために試練をやってるんじゃねーぞ？　単にほとんどの奴らがふがいなくて、結構な数が勝手に死んじまうから結界の維持に丁度いいってだけなんだよ。で？　普段よりも多いぐらいが問題とは思えんが」

「そのテレサ様が死にました」

「誰が死のうとお前が気にするこっちゃないだろ？」

「はい。ですが、数値が合わないのです。回収されたスピリットの中にテレサ様と思《おぼ》しきものが含まれておりません」

「……ふむ。死んだのが本当なら、塔が吸収する前に、ゴースト化したのかもしれんな」

ソウルが身体を駆動するためのエネルギーだとすれば、スピリットは精神を司る司令塔だと言われていた。どちらも死後拡散するのだが、スピリットはそのままの形で残ることもあり、それは高位の魔術師や剣士の場合に起こることが多かった。

「テレサ様の死体は確認しておりますが、死亡原因はわかりません」

この部屋で塔の現状を知ることはできるが、過去に起こった出来事までは把握できなかった。

「今のところは、結界維持に必要なスピリット量には余裕があります。ですが、今後も同じようなことが続くとすれば、危うくなるかと」

質のよいスピリットは、ソウルの力を何倍にも高めることができる。結界を維持するために不可欠な要素だった。

「現時点で数年分の貯蓄はあるんだ。今すぐ問題ってことでもないな」

「いえ。慎重を期すに越したことはありません。それと、地下結界用の半魔の数が心許ないです。補充が必要かと思うのですが」

「ふむ。そういや、得意気に魔法を使ってた奴がいたな。あれは半魔の代わりに使えるんじゃないか？」

剣聖が言っているのは、屋上で魔神に魔法を放った少女、フレデリカのことだ。名のある貴族の一人娘で、膨大な魔力を持て余しているらしい。王都で数々の騒ぎを起こし、結界から逃れ出た眷属をも倒したという噂はこんな寂れた地域にいても聞くことができた。

　魔導人形はフレデリカの現在位置を確認した。

　フレデリカは八十階で休息していた。塔は百階層からなり、一階まではまだまだ遠いが、順調に試練をクリアしているようだ。

「どういたしましょうか」

「とりあえず選定は続けるが、死にそうになったら回収しろ。生きてりゃ使えるだろ。で、他の気になる点ってのは？」

「はい。塔内部への侵入者がありました。召喚術によるものです」

「それは結構大事《おおごと》な気がするんだが、気になるって程度なのか？」

「はい。召喚されたのは特に力を持たない女の体で、術者は性行為に及んでいます」

「たいした度胸だな。この状況で、そんなことのために召喚かよ」

　剣聖は感心したように言った。召喚はそう簡単にできることではなく、膨大な魔力を必要とする。それをたかが性欲の発散のために使うとは思わなかったのだろう。

「塔内部で気になる点はあと一つ。マスターが参加者の中にいます」

「ん？　お前のマスターは俺だろうが？」

「いえ。私の制作者、大魔道士イグレイシア様です」

「そいつ、千年前に魔神と戦ったって奴だろ。まだ生きてんのか？」

「詳細はわかりませんが、私がマスターを見間違えることはありえません。金のローブを纏ったお方です」

「ああ！　トンチキな奴が来てると思ったらあれがそうなのか？　来る者は拒まずとは言ってんだけどよ。聖王の騎士の選定だってわかってんのか、こいつら？」

剣聖が呆れたように言う。

魔導人形が見たところ、参加者の中で純粋に剣士といえるのは半数程度だ。実力があるならどのような素性であろうと問題はないが、剣もろくに使えないのに騎士を名乗られても困るというところだろう。

「最後に魔神の眷属について。ユニーク個体が第二結界を抜け出ようとしています。境界突破予想時刻は三日後の正午です」

魔神を封じているのが第二結界で、中心部の封印効果が最も大きくなっている。つまり周辺部の封印効果は中心ほどではなく、そこにいる眷属はいずれ結界から抜け出てくるのだ。

そのための聖王の騎士だった。結界から逃れ出る眷属を倒すのが務めだ。そして、剣聖は騎士の頂点に立つ者だった。

「呼ぶ準備をしとけ」

聖王の騎士は有事に、この結界内へと召喚される。塔に溜められた膨大な魔力がそれを可能としていた。

「そうだな。眷属と戦いたくて、聖王の騎士を目指してる奴らがここにはごまんといるんだ。そいつらにとっては初仕事ってことになるな」

「試練に手心を加える必要は？」

「試練で死ぬ程度の奴なんか役に立つかよ」

眷属との戦いを有利にしたいなら合格者を増やせばいい。魔導人形はそう思ったのだが、そんな意見はあっさりと一蹴された。

剣聖が大きく作られた開口部へと向かう。魔導人形はその隣に立った。

剣聖が見ているのは、峡谷が球状に抉られた空間だ。その中心部に、魔神と聖王がいる。

そして、その周囲には魔神と共に戦っていた眷属共も存在していた。

その動きは目に見える程ではない。だが、確実にこちらへと近づきつつあった。

「人型か。面倒だな」

剣聖がぼそりとつぶやいた。

それは笑っていた。

最もこちらに近づいているそれは、人の形をした何かだった。

11話　幕間　なぜこうしているのかはよくわかりません

エウフェミアは原生林をさまよっていた。

無常感にとらわれていたのだ。

レインが死に、拡散したソウルを吸収することで、エウフェミアはさらなる力を得た。

だが、それがなんだというのか。

いくら強くなろうが上には上がいるのだ。高遠夜霧のような存在がいる以上なんの意味もない。

その存在を知ってしまった後では、どれほどの強さを得ようが虚しいだけだった。

さまよいはじめてから何日が過ぎたのか、エウフェミアにもわかってはいなかった。

特に空腹は覚えていない。もともと吸血鬼は不死身なので、食事を摂《と》る必要はないのかもしれなかった。

途中、誰かを見かけた気もするが、血を吸いたいとは思わなかった。

その者たちは怯えていたようだが、エウフェミアがただふらふらとしているだけなのだと気付き、恐る恐るどこかへ去っていった。

そうして歩いていると、打ち壊された里に辿り着いた。

半魔の里。

エウフェミアが暮らしていた、橘裕樹《ゆうき》の襲撃により壊滅した故郷だった。

知らず知らずのうちに足は、里へと向かっていたのだ。

だが、戻ったところでここには何もない。大半は殺され、能力のある者と見目麗しい女は裕樹の奴隷として連れていかれていた。

――さて、どうしたものでしょうか。

惨憺《さんたん》たる有様の里を目の当たりにして、エウフェミアは少しばかり正気を取り戻した。

裕樹から解放された時には、里の復興を考えていた。里に戻れば、誰かが戻ってきているかもしれないと考えたのだ。

あれからどれぐらい経ったのかはわからないが、この地に人の気配はなかった。誰かが戻ってきた形跡もなく、里はあの日のままだった。

「テオ姉ちゃんは、どうしてるでしょうか……」

姉は襲撃時には里を出ていたので、裕樹の奴隷にはなっていないはずだ。

だが、帰ってきた姉が里の惨状を見れば、裕樹への復讐を考えたかもしれない。その場合は返り討ちにあっていないことを祈るだけだ。もっとも姉もエウフェミアに劣らず美しいので、裕樹の犠牲になったとしても生きてはいるはずだった。

ぼんやりとそんなことを考えていたエウフェミアだったが、我に返るとのろのろと動きだした。

まずは里の見栄えを整えることにしたのだ。戻ってきた者がいたとしても、この惨状を見れば落胆してしまうだろうとエウフェミアは考えた。

彼女が吸血鬼となったことで身に着けた能力の一つに、念動力がある。

まずはそれで、瓦礫や崩れた建物を取り除いた。

残っていた死体は丁重に葬り、簡単に直せる建物はまだ使える材料を組み合わせて修復する。

一通りの作業を終えると、里はずいぶんとさっぱりとした様子になった。

だが、このほうが崩れた建物や血糊が残っているような状態に比べればましだろうと、エウフェミアは納得する。

「あとは、一族しか入れないような結界でも張っておけばいいでしょうか」

エウフェミアは仲間たちを捜しにいくつもりになっていた。そうなればまたここには誰もいなくなる。貴重なものは奪われた後だが、無人の里にやってきた何者かがさらに荒らさないとも限らない。

エウフェミアは結界を張るべく里の周囲を確認しはじめたが、すると何者かの気配を感じ取った。

ここへやってくるようだ。

エウフェミアは仲間かもしれないと少しばかり期待した。森の奥深くの集落までやってくる者など限られているからだ。

しかし、楽観はできない。半魔は何かと狙われているからだ。

エウフェミアは里の中ほどにある広場で待つことにした。

やってきたのは女だった。

血の気の失せた蒼白い肌。黒く長い髪に、赤い瞳。赤と黒を基調としたロングドレスを着た彼女が何者なのかをエウフェミアはすぐに悟った。

吸血鬼だ。しかもレインの眷属だろう。

「こんなところにまで何の用？」

「わかんないの？」

女は意外だと言わんばかりだった。

「ええ。わざわざ私に会いにきたということは、吸血鬼関連の事情でしょうか。でしたら、説明していただかないと皆目わかりませんね。何しろ、私が吸血鬼になってすぐにレイン様は亡くなられてしまいましたので」

「へえ、そう。じゃ簡単に説明するけど、要はオリジンブラッドの後を誰が継ぐのかって話よ。オリジンブラッドとなれるのは、レイン様から直接口付けをいただいた子のみなのよね」

レインは吸血鬼の頂点に立つ存在、オリジンブラッドだった。エウフェミアは詳しくは知らなかったが、他にもレインが増やした眷属が何人もいるらしい。

「そうですか。私は興味がありませんから、勝手にお継ぎになればいいのではないですか？」

「それがね。そういうわけにもいかないの。オリジンブラッドとなれるのは一人だけなのよ」

「はあ。それで」

「死んでもらえないかしら？」

「いやですよ」

「だよねぇ。けどまあ、だからって見逃すわけにもいかないのよ。あんたが最後の一人なんだから。いやあ、全員倒してさ。やっとなれるって思ったのに、もう一人増えてると知った私の気持ちが想像できる？」

「それは、さぞ残念だったのでしょうね」

「だから死んでね」

途端に女はエウフェミアの目前にあらわれた。瞬く間に距離を詰めてきたのだ。

死ぬのはいやだと言ったエウフェミアだが、この時はどうでもよくなっていた。里を修復するのも仲間を捜すのも、なんとなくしなければと思った程度のことで、それほど熱意があるわけでもない。ここで死ぬならそれでもいいと思ったのだ。

女が貫手《ぬきて》をエウフェミアの胸に向けて繰り出す。

吸血鬼は不死身に近いが、弱点は心臓だとされている。心臓を潰されてもすぐに死にはしないが、血を力の源泉としているので弱体化は避けられないのだ。

エウフェミアは避けなかった。

ただ、面倒だった。体を動かすのが億劫だったのだ。

そろえた指先が服を貫き、胸の谷間に達する。

「え？」

女はひどく驚いていた。

エウフェミアは、一瞬遅れて理解した。女の貫手は、エウフェミアを傷つけはしなかったのだ。

薄皮一枚破ることもできていなかった。

女が警戒して飛び退《の》く。

「なんなの、あんた！」

「さあ。なんなんでしょうね。けど、殺したいならさっさと殺せばいいのではないですか。抵抗しませんから」

女は苛立った様子で、自らの手首に牙をつきたてた。

手首から血があふれ出す。大量の血液は流れ落ちずに空中に留まり続け、細長い棒のような形状へと変化していった。

それは、血で作りあげられた真っ赤な槍だ。

女は槍を構え、エウフェミアの視界から消えた。

同時に、エウフェミアの背中に衝撃が訪れた。

エウフェミアはゆっくりと振り向いた。女は両手で持った槍を突き出し、エウフェミアの背中を貫こうとしていた。

「くそっ！　どうなってんのよ！」

再び女の姿が消えた。

四方八方から斬撃が加えられるが、それはエウフェミアの服を切り裂いただけだった。

目が慣れてくれば女の姿を捉えることができるようになってくる。女はエウフェミアの周囲を走り回り、次々に攻撃を繰り出していた。

特に痛くはない。

ただ鬱陶しいだけだったが、無駄なことを延々と続けられるのも苛ついてくる。なので、エウフエミアはつい手を出してしまった。

蠅《はえ》でも追い払うかのように、手の甲で女を打ったのだ。

パン。

そんな音がして、女の体が弾け飛んだ。

下半身だけが転がり落ち、霧状になった血があたりを赤く染める。

「また掃除をしないと」

ぼやいていると、様々な情報が脳裏に流れ込んできた。どうやら、レインの残した様々な物や権利が、エウフェミアに譲られたようだ。

それにより、エウフェミアは自分がオリジンブラッドになってしまったことを悟った。最後の一人になってしまったのだ。

オリジンブラッドになどなりたいわけではなかったが、仲間を捜すのに利用できるかもしれない。

何か使えるものはないかと記憶を探ると、原生林の外れに別荘があることを思い出した。

何もないここにいるよりはましだろうし、拠点として使えるかもしれない。エウフェミアは、別荘に向かうことにした。

＊＊＊＊

小さな丘の上にある別荘は、こぢんまりとした館だった。

もちろん、エウフェミアの里にある建物と比べれば十分に贅を尽くしたものではあるだろうが、あまり華美な印象は受けない。

堀があり城壁もあるので、砦として機能するのかもしれないが、それほど本腰を入れて防衛しようとしているようにも見えなかった。

白亜の館とでも言えばいいのだろう。深窓の姫君でも住んでいそうな印象をエウフェミアは受けた。

エウフェミアが跳ね橋の前に立つと、何をせずとも橋が下りてきて城門が開いた。館はエウフェミアを主人だと認めたようだ。

城門を通り中に入る。

「あー！　待って！　待ってよぉ！」

すると、少女の泣きそうな声が聞こえてきた。

声のする方を見てみれば、馬が走っている。

そして、その馬を追いかけている者がいた。ピンク色のワンピースを着た、あどけない雰囲気の少女だ。

少女は頑張っているつもりらしいが、追いつく様子はまるでない。端から見れば走っているのかどうかも怪しいぐらいだった。

馬は興奮してわけがわからなくなっているのだろう。中庭を無茶苦茶に走りまわっていて、そのうちにエウフェミアの方へとやってきた。

「止まりなさい」

命令する。たちまち馬は大人しくなり、エウフェミアの前で待機姿勢を取った。

吸血鬼には魅了能力もあるし、動物を支配する能力もある。この程度は造作もないことだった。

「はあっ……はあっ……もう！　ほんとうにもう！」

精根尽き果てたという様子の少女が、それでもぷりぷりと怒りながらエウフェミアの前にやってくる。

「あの、ありがとうございます！　本当にどうしようかと思ってて」

エウフェミアが止めたとわかったのだろう。少女は礼を言ってきて、エウフェミアは知らず跪《ひざまず》いていた。

「え？　あの、すみません。どなたでしょうか」

少女がエウフェミアの取った態度に狼狽している。

「エウフェミアというものです。なぜこうしているのかはよくわかりません」

「わからないんだ……」

少女は唖然としていた。

「それはそうと、あなたも吸血鬼でしょう？　馬を操るぐらいできないのですか？」

「え？　やっぱり私、吸血鬼なの？　棺桶で寝てたからもしかしたらとは思ってたんだけど」

少女はレインの子供なのではないかと、エウフェミアは考えた。顔立ちは違うが、雰囲気が似ているように思ったのだ。

「あ、だったらこんな日中に出歩くのはまずいんじゃ！」

「大丈夫ですよ。今、なんともないのですし。ところで、その馬はどうしたんです？」

「あ、馬でお出かけしようと……うーん、動いてよ！」

少女が手綱を引っ張っているが、馬は頑《かたく》なに動こうとしなかった。エウフェミアの止まれという命令を守っているのだ。

「その少女の命令に従いなさい」

すると馬は驚くほど素直に少女に従うようになった。

「何から何までありがとうございます」

「馬の世話をする者はいないのですか？」

「その、こんなことを言っても信じてもらえないかもしれないいんですが」

「信じますよ」

「私、つい最近までずっと寝てたみたいなんです。そして、目が覚めてみたらおうちには誰もいませんでした。でも、目が覚めるまでは誰かいたようなんですよ。馬の世話をしてた人もいたと思うんです」

エウフェミアはこの館についての記憶をさぐり、納得した。

この屋敷にいた者たちは、全てレインの眷属だ。レインが死んだことを悟り、跡目争いを始めて全滅したのだろう。

「それで、私には目的がありますし、旅に出ようと思ったんですが、馬もろくに扱えなくて……」

「手伝いましょうか？」

エウフェミアは自然とそう口にしていた。どうも、この少女に崇敬の念を抱いているようだ。眷属どもが争い合いながらも、彼女に手出ししなかったのは同じような感情を有していたからだろう。

「いいんですか!?」

「はい。これと言ってすることもありませんし」

とりあえずは仲間を捜して里を復興するのが目標だったが、何をおいてもというほどのことではない。それよりも、この少女を助けたいという思いの方が強かった。

「やった！　ありがとうございます！　ほんとのところ、どうしていいものか全然わかってなかったんです！　大人の人が手伝ってくれたらすごく助かります！」

「お名前を聞かせていただいてもよろしいですか？」

「あ！　そういや名前なかった！　どうしよう！」

いまさら気付いたようだが、誰もいなかったのならそれでも不便はなかったのだろう。

「話をする時に不便だよね。う～ん、何か適当に……ミスト……フォグ……ドリズリー……じゃあリズリーで」

少女は気候に関する古語から名前を選んだようだ。

「じゃあよろしくね！」

リズリーと名乗った少女は、馬に乗ろうと四苦八苦しはじめた。どうやら乗り方もろくに知らないのに、馬で出かけるつもりだったらしい。

「馬でどこまで行くんです？」

「王都です！　出かけるならまずはそこに行けと伝言がありまして」

エウフェミアはここから王都までの旅路を想像した。順調にいっても数日はかかるだろう。リズリーは馬に乗ったらそのまま出かけるつもりのようで、それは無謀としか言いようがない。

「わかりました。では、いったん館に戻り、必要な物を準備してから出かけることにしましょう」

記憶によれば様々な物資が残されているはずだし、馬車もあったはずだ。

「あ！　そうですね。やっぱり準備はいりますよね」

リズリーが手を叩いて納得している。エウフェミアの前途は多難なようだった。

ACT 2

12話　助けられ方に文句を言うほど野暮な女じゃないですよ

こんな状況で寝られるわけがない。

そう思っていた知千佳だが、いつの間にか眠っていたらしい。

そして、気付けば夜霧が抱きついてきていた。

「なっ!?」

一気に目が覚める。だが、それは冷静になれたということではなかった。

確かに状況は把握できた。だがそれは、夜霧が知千佳の豊かな胸に顔をうずめているという現実を知ったに過ぎず、そんな状況で落ち着いてなどいられるわけがない。

知千佳は密着した状態からでも有効な技をいくつか知っている。夜霧を手痛い目に遭わせて、ふりほどくことは可能だろう。

咄嗟にそうしようとして、だが知千佳は思い直した。

夜霧は眠ったままなのだ。つまり、無意識にやっていることで、悪気も、いやらしい気持ちもあるわけがない。

ただ何か柔らかいものがあったので、寄り添ったに過ぎないのだろう。

そう思えば、あまり手荒な真似をすることは躊躇われた。

うっすらとした明かりの下、夜霧の顔をそっと確認する。

相変わらず無邪気な顔をしていて、だんだんと騒ぎ立てるのも馬鹿らしくなりつつあった。

それに、夜霧がよく眠るのは力を使った反動なのではないかという気もしていて、それはつまり知千佳のために疲れているということだろう。

この程度のことで夜霧に何らかの安らぎを与えることができているのなら、まあいいか。と、知千佳はそんな気持ちになり、ふと視線をそらすと、何かと目が合った。

「きゃあああああ！」

何かが壁から顔を出している。混乱しかけたところで、その何かが声をかけてきた。

『我だ！　いちいち驚くでないわ！』

「って、もこもこさん？　あれからずっとそのままだったの!?」

『そういうことだが』

「……ん？」

騒ぎすぎたのか、夜霧が目を覚ました。知千佳は慌てて飛び退いた。

「てかさ！　忘れたころに見ると、壁から半分突き出てるってマジで怖いからやめてよ！」

『いや、それがな。出るに出られなくなってだな』

「どういうこと？」

『うむ。塔が霊の類を吸収しようとしていると言っただろうが』

「ああ、言ってたね。我ぐらいになると大丈夫って自信満々で」

『塔の壁やら床やらを介して霊魂を集めておるようでな。壁に重なってしまうと、結構な吸引力があってだな。まあそのうち出られるかとのん気にしておったのだが、段々とこれはまずいとひしひしと感じるようになってきてだな』

「短い付き合いだったけど忘れないから。てか、忘れようのないインパクトだったよ、ご先祖様」

知千佳はもこもこに手を合わせた。

一応役に立っていたとは言えるが、ずっと周囲に居続けられるというのも鬱陶しい存在だ。それほど未練は感じなかった。

『あっさり見捨てないで欲しいのだが！』

「でもさ、どうしようもなくない？　霊魂を吸収するとか言われてもさ」

『小僧がおるだろうが！　なあ、なんとかしてくれんか！』

「ん……」

夜霧はまだ寝ぼけているようだった。

「ねえ。どうにかなると思う？」

さすがにこのまま見捨てるのも寝覚めが悪い。知千佳は一応夜霧にこんなことになってしまった経緯を説明した。

「そうだな……その吸引機能みたいなのを殺せばどうにかなるかな。けど、何か理由があってやってるんだろうし、勝手にそんなことするのもどうかと思うんだけど……」

夜霧がもこもこを見る。すぐに覚悟を決めたようだった。

「ま、この塔の連中よりも、もこもこさんを優先するよ」

「できるの？」

「俺が狙われてるわけじゃないから、対象が絞りにくいけど……」

夜霧が壁に手を当てる。

「確かに何か生気を吸い取られるような感じがするね。だったらどうにか」

途端にもこもこが壁から飛び出してきた。

『おおう！　死ぬかと思った！』

「とっくの昔に死んでるけどね」

『お主は、自分の先祖に対してずいぶんと冷ややかだな！』

「けど、ますます気まずい感じになってきたな」

夜霧が少しばかりうかない顔をしていた。

「どうしたの？」

「魔神を殺した上に、塔の機能を一部とはいえ壊したわけだろ？　文句を言われる前にさっさとここを出た方がいいかなと思って」

「それはそうだよね。なんとなくこんなところまで来ちゃったけど、あんまり長居するもんでもないし」

窓から外を見る。日が昇りつつあった。

今日の内にさっさとケリをつけてここを出ていきたいと知千佳は考えた。

＊＊＊＊

「状況的には落ち着いてるし、今後のことでも相談しとこうか」

「へぇ。ベッドの上で向かい合ってるこの状況が落ち着いてるんだ？」

知千佳が何やら不満そうに言う。

そう言われても、ぐっすりと眠って頭もすっきりとしているし、他に誰もいないこの状況は相談事をするには最適だろうと夜霧には思えた。

「まあいいけど。相談って何？」

「まずは大目標の確認からかな。元の世界に帰る。最悪は俺たち二人だけでもね」

最悪と言うなら、知千佳だけでも帰せればと夜霧は思っている。だが、そう言ってしまえば知千佳は反発するだろう。

「中目標は元の世界に帰る方法を知ること」

「そのために王都を目指してるんでしょ。賢者のシオンって人に会って話を聞きたいってことだよね。だから、みんなとの合流を目指してる。二人だけでもって言ってたけど、クラスのみんなで帰れるならそうするってことだよね？」

クラスメイトたちは賢者シオンに課せられたミッションを遂行している。ミッションを上手く進めることができれば、いずれシオンは姿を現すことだろう。この世界に夜霧たちを呼び出したのはシオンだ。帰還方法について聞ける可能性もある。

「わざわざ見捨てるようなことはしないよ。だけど、みんなと合流したからってうまくいくとも限らない。だからこそこんなところにまでやってきたんだけど」

「え？　なんで？」

「賢者に会える保証はないし、会えたとしても相手が素直に話すとは限らない。それに召喚しっぱなしで帰る方法なんて知らないかもしれないだろ。だからどんなことでもいいからとりあえずはこの世界について情報を集める必要がある。剣聖ってのは有名らしいし何か手がかりにならないかと思ったんだよ」

剣聖は賢者に並び立つようような存在らしい。何か話を聞ければと思っていたが、ここで繰り広げられているのは試練という名の殺し合いだ。夜霧はこれ以上付き合う必要もないかと思いはじめていた。

「あ、そうなの？　てっきり峡谷を抜ける方法を教えてもらうためなんだと思ってたんだけど」

「それについてはだいたい見当は付いてる。屋上から峡谷を見渡せたから大まかな地形は把握できたんだ。もこもこさんはどう？」

『うむ。我はさらに上空に飛んで見ることができるからな。峡谷を抜ける道筋はほぼわかっておる』

「え？　もしかして屋上でぼーっと景色を見てたの私だけ？　……あ、そういえばロボが座標がわかれば帰れるみたいなこと言ってなかった？」

　愕然としていた知千佳が、ごまかすように言った。

『元の世界に戻るには、座標に加えてエネルギーが必要だな。あのロボは自分の世界に自分の一部をアンカーとして残しておるのだ。そのため最小限のエネルギーで元の世界に帰ることが可能なのだが、我々はそうはいかぬ。たとえるならばここは世界のどん底、谷の底なのだ。落ちるのは簡単だが、浮上するには莫大なエネルギーが必要となる』

「アンカーって船の碇のことだよね。紐みたいなので繋がってるってこと？」

　知千佳が疑問を口にする。確かにそう説明されてもイメージはしづらい。

『そうだな。これはあくまでたとえだが、あのロボはもとの世界と命綱のようなもので繋がっておるのだ。そしてそれを引っ張ってもらうことで帰ることができるのだな』

「エネルギーか……。そう言われてもな」

　用意の仕方も、どの程度必要なのかもわからなかった。

『それについてはこの塔にヒントがあるやもしれぬな。我もただ壁に埋まっておったわけではないのだ。力の流れを探ったりしておったのだよ』

「えー？　なんかそれ、後付けくさくない？」

『やかましい！　それでだ。死者の魂を一カ所に集めているようだったな。おそらくだが結界の維持に使っておるのだろう。魔神とやらがどの程度の力を持っているのかはわからんが、時が止まっているかのように見えるほどの結界で拘束し続けるには莫大なエネルギーが必要となるだろうて』

「けど、人を殺して集めるようことはさすがにしたくないな」

　だが、そういった手段でエネルギーを集めたり、溜めたりする方法があるのなら何かに使えることもあるのかもしれない。夜霧は心に留め置いた。

「さすがにそれはね」

「だから今のところの小目標はやっぱり王都を目指してクラスのみんなと合流することなんだけど、そのためにはまずこの塔を下りないといけない」

　剣聖から話を聞くことにこだわっても時間の無駄だろうと夜霧は思いはじめていた。

「当たり前の話になったね」

「で、覚悟しといてほしい。今後出会った敵らしき奴は問答無用で殺していく」

「それっていつもどおりじゃないの？」

知千佳がきょとんとした顔になったので、夜霧は少し気分を害した。

「いつもは殺さなくていいのはできるだけ殺さないようにしてるよ。けど、この塔で聖王の騎士を目指してる奴らは他の参加者を殺す気満々だろ。躊躇《ちゅうちょ》してたらこっちが殺《や》られる」

「今さらだよ。覚悟ならできてる。高遠くんが力を使うなら、それは私がやってるも同然なんだよ。と、最初っからそう思ってる」

『うむ。武家の娘をなめるでないわ！』

こんどは夜霧がきょとんとした顔になった。まさか、そこまでの覚悟を持っているとは思ってもいなかったのだ。

「助けられといて、助けられ方に文句を言うほど野暮な女じゃないですよ、ってね。ま、ほどほどにしといてね、とは思うけど」

さすがに全肯定ということでもないのか、付け加えるように知千佳が言う。

「……そういやお腹がすいたな。昨日から全然食べてないし」

信頼されているということなのか、さすがに照れくさくなった夜霧はごまかすようにそう言った。

＊＊＊＊＊

「あの、こんなところで何の手がかりもなしに人を捜すなんて、どだい無理な話のように思えるのでござるが」

うっすらと空が白みはじめるころ。花川大門は、自信満々に歩いていくアオイの後ろをついて歩いていた。

高遠夜霧たちについては、円盤の中で知りうる限りのことを伝えたのだが、それでも解放してくれなかったのだ。

円盤は峡谷の中ほどに着地し、そこから二人は歩いていた。

夜霧たちが峡谷に向かったことは、途中で立ち寄ったハナブサの街で調査済みだ。出立からそれほど時間は経っていないので、ここにいるだろうことはわかっていた。

だが、そうは言っても峡谷は広く入り組んでいる。少なくとも円盤で上空から捜しただけでは手がかりは見つからなかった。

「大丈夫だよ。ボクには運命値の高い場所、つまりイベントの起こりそうなところがわかるんだ」

「むっちゃメタな話でござるな！　頭大丈夫でござるか!?」

『おい。あまり調子に乗るなよ？』

その声はアオイの腰あたりにあるナイフポーチから聞こえてきた。中のナイフが喋っているのだ。

「ふ、ふふん！　自分で動けないナイフに脅されたって怖くもなんともないでござるよ！」

「まあ、メタと言えばメタな話だよ。ボクは運命を俯瞰《ふかん》することができる。つまりこの世界が映画だとするなら、その台本を覗き見ることができるってわけだ」

「いやいやいや、だったら拙者なんかに話を聞く必要も、連れてくる必要もないでござろう！」

「そう単純な話でもないんだ。映画にたとえると複数の主人公がいて、同時進行で様々なシナリオが動いているようなカオスな内容っていえばいいのかな。そう簡単に読み解くことはできないし、状況に応じてシナリオは複雑に様相を変えていく。ボクにわかるのは、この目で見ることのできる範囲内のことだけなんだ……っと、ほら来たよ」

アオイが空を指差す。薄闇の中、そこだけが光り輝いていた。

そこには稲光を纏う巨大なドラゴンが浮いていたのだ。

「ってなんなんでござるか！　あの明らかに強者の風格を纏ってるのは！」

見た瞬間に花川は格の違いを感じ取った。

どうあがいたって勝ち目はない。

ブレスでも吐かれればそれだけで終わりだ。見たところ雷系の攻撃をするのだろう。そんなもの避けられるはずもなく、花川の防御力では即死するに決まっていた。

「逃げるでござるよ！　アオイ様の能力じゃあんなのに勝てないでしょうが！」

この距離で相対している時点で逃げることは難しい。だが、空に浮かんでいる相手に戦いを挑む手段などアオイも持っていないはずだった。

「え？　なんでボクだと勝てないの？」

「アオイ様の力じゃ、原生生物には勝てないでござろうが！」

花川は魔獣の森におけるアオイの戦いを目撃していた。そこでアオイはチート野郎のリクトと同じ力を使い、また打ち消していた。

それは後付けの力に対抗する類の能力なのだろう。最初から強い生き物に対して通用するとは思えなかった。

「ああ、何か勘違いしてるよ。この手の奴は簡単なんだ」

そして、アオイは言った。

「こんな巨大な生き物が空に浮かぶわけないだろ？」

途端にドラゴンは落ちはじめた。ドラゴン自身も何が起こっているのかわかっていないのだろう。

ドラゴンはどうにか滑空して崖に激突した。崖下に落ちることだけはどうにか避けたのだ。

「ボクの能力は単純だよ。〝努力だけが報われる残酷な世界《ジャスト・ワールド》〟は、ボクの世界に他者を巻き込む能力だ。つまり、ボクが信じたように事象を改変するだけの能力なんだよ」

「って、だからチートすぎるでござろうが！」

無茶苦茶な能力だとしか花川には思えなかった。それでは何でもありの究極の能力だろう。

「そうでもないよ。ボクが信じ切れないことは実現できないわけだし、運命値の高い相手だとうまく巻き込めない。その場合は、運命の誘導が必要になってくる」

「そ、そうなんでござるか？　ま、まあ、とにかくこいつは倒せたってことでござるな？」

花川はドラゴンに近づいた。

その巨体はどうにか崖際の道に乗りかかっている。

頭部は巨大で花川など一呑みにできそうなほどだったが、目を回しているのか、だらしなく口を開いて舌を放り出していた。

「ふ、ふふん。こうなってしまえば巨大な蜥蜴《とかげ》にすぎんということでござるな?」

「あ、不用意に近づくと危ないよ?」

バクン。

唐突にドラゴンが起き上がり口を閉じた。

花川の右肘から先が一瞬で消え失せた。

「ギャー!　な、なんなんでござるか!」

だが花川もこの程度の怪我には慣れたものだった。ヒーラーとして修羅場をくぐってきた経験は伊達ではない。

すぐさま右腕を修復して、一気に飛び下がった。

「君がさっき言った通りだよ。巨大な蜥蜴だけど、巨大な蜥蜴ってだけで危険だろう?」

「そこは、その能力でどうにかならんのでござるか!」

「ならないよ。このぐらいの大きさの爬虫類っぽいものならいてもおかしくないってボクが思っちゃってるんだから。そこは否定できないよ」

「じゃあどうするでござるか!」

「後は地道に戦うしかないね。ま、ボクもそれなりには強いから大丈夫だよ」

そう言ってアオイがナイフを抜く。

小ぶりなナイフだけで巨大なドラゴンとどう戦うというのか。花川には想像もつかなかったが、結局はそれなりに強いと言うアオイの実力を見ることはできなかった。

アオイが戦うまでもなく、ドラゴンの首が千切れ飛んだからだ。

「え？　その、いま何かをしたでござるか？」

「いや。けど、これはまずいな。ボクにとっては最悪の状況かもしれない」

何かがドラゴンの首のあったあたりに立っていて、激しく吹き出す血潮を浴びている。

それは異形だった。

人の姿をしてはいる。

だが、その血に濡れる体は黒光りする金属で覆われていて、体の節々からは針とも刃ともつかないものが飛び出していた。

その細身の体では中に人が入っているとは考えづらい。つまりそれはそのような存在なのだ。

「針鼠《ヘッジホッグ》……」

アオイがぼそりとつぶやく。

それは、賢者たちが侵略者《アグレッサー》と呼んでいる存在だった。

13話　水平方向にチャレンジなさっている

それは殺意を具現化したかのような存在だった。

全身に生える刃は殺戮のためだけに備えているのだろう。

花川は、禍々しくも美しいそれから目を離すことができなくなった。

見つめ続けたところでどうすることもできないが、目を離せばその瞬間に首を刎《は》ねられる。そんな強迫観念に囚われていたのだ。

「どっからどう見ても殺人まっすぃーんではないですか！　あんなのどうしろと！　が！　こちらには賢者様がいるのでござるよ！　この程度の輩などどうにでも……ってアオイ様はいずこに!?」

異形を凝視していた花川だったが、アオイの姿が見えないことに気付いた。

「なぜあれはドラゴンを狙ったのかな？　いかにも手当たり次第に殺しますよ的な雰囲気を醸し出しているけれども、だったらターゲットはボクでもブタくんでもよかったはずだ」

「って、何故に拙者の後ろに！　というか、今ナチュラルにブタくん呼ばわりだったでござるよ!?」

「表面積が大きいから隠れるのにもってこいだと思って」

「それ、あれでござるよね？　政治的に正しいデブの言い換えですよね？　水平方向にチャレンジなさっている的な！」

アオイは花川の背後に隠れていた。

だが盾にするつもりなら無駄だろう。あのバケモノは、花川程度なら紙切れのように斬り裂くはずだからだ。

「あれ、一応目らしきものが顔にあるだろう？　視界から外れておくことに多少の意味はあるかと思って」

「ぜっーたい意味ないでござるよ！　なんかセンサー的なので周囲の状況全部把握してますよ的な奴でござるよ！」

それは歪《いびつ》ではあるが、人の形態がベースとなっていた。頭部には赤い光点が二つ灯《とも》っているのでそこが目なのだろう。飾り程度のものかもしれないが、耳や鼻らしきものもついていた。

口の存在ははっきりしないが、うっすらと線のようなものが見える。そこが、突然大きく開いたとしても不思議ではなかった。

「把握してるとしてもだ。ボクらを殺す気は今のところはないんだろう。あれがその気になればボクらを全滅させるのは容易《たやす》いだろうしね」

それの足元を見てみれば、多少地面をひきずったような跡がある。おそらくだがそれは、崖を飛び越えてやってきて、ドラゴンを殺しながら着地したのだろう。その動きはまさに目にも留まらないもので、花川もアオイもその動きを捉えることはできなかったのだ。

「なんとかならないでござるか!?　その、アオイ様の能力ならどうとでもなるのでしょう?　ほら、ドラゴンにしたみたいに、あんなロボいるわけないって言えばいいわけですから！」

「そう言われてもね。あれぐらいできそうってボクが思っちゃったらどうしようもないんだよ」

「案外使えないですな!?　その能力！」

「そう、結構使い勝手悪いんだよね」

「と、とにかくじっとしているということでいいでござるか?」

動けば注目される可能性が高まる。今は現状を維持するのが最善だと、言い訳のように花川は考えた。

「そうだね。なんとなくなんだけど、戸惑ってるようにも見えるし」

「そう……でござるか?　まあ、そう言われればそうも見えなくはないでござるが……」

それは少しばかり前傾姿勢になり、血まみれのまま立ち尽くしていた。

その姿は、なぜ自分がドラゴンを殺したのかよくわからないと沈思黙考《ちんしもっこう》しているようにも見える。

「ですが、いつまでじっとしていればいいでござるか?」

「あいつが、どっか行くまで、かな?」

とにかくこのまま様子を見るしかない。

そう花川は覚悟を決めたが、それはすぐに動きを見せた。

恐ろしいまでに静かで、よどみのない動きだった。

数歩は歩いているにも拘《かかわ》らず、しかも実際にその姿を花川は見ていたはずなのだが、それでもいつ動いたのかがよくわからなかったのだ。

それはやはりドラゴンが目的だったのだろう。気付けば千切れ飛んだ頭部のそばに立っていた。

そして、その手を頭頂部へと突き刺した。刃状の手は、何の抵抗もなくするりと深く入り込んだ。

「あいつ、何をやってるでござるか！」

「ドラゴンは明らかに死んでるし止《とど》めをさしてるってわけでもない。見た感じ、脳から情報を得ようとしてる？」

「だとするとですよ！　ここにも脳を持ってる者が約二名いるのでござるが！」

実際のところその行為に何の意味があるのか、花川たちにはわからない。

だが、異形がドラゴンの頭部から手を抜き取り、その赤い目を向けてきた時、花川は死を確信した。

「おっぱい！　どうせ死ぬならおっぱいをもんでもいいでござるか！　ボクっ娘《こ》にはあんまり興味はないのでござるが！　こうなったらもうなんでもいいでござる！」

「やだよ」

「あ、ああああああ、とりあえずＤＯＧＥＺＡですかね？　日本人の誠意はグローバルに通じたりとか!?」

錯乱した花川は即座に膝をつき、頭を地面にこすりつけた。

だが、そこにある恐怖から目を逸らし続けるにも限界がある。

花川はすぐに耐えきれなくなり、顔を上げてちらりと様子を見た。

すると、それはいなくなっていた。

「え?」

「どっか行っちゃったよ」

「なぜに? もしかして油断したところを背後からというお約束なパターンとか!」

花川は背後を確認し、空を見上げ、崖下をのぞき込んだ。だが、どこにも異形の姿はなかった。

「助かった……ということでござるか?」

「今のところはね。まあ運命値的には、ここであっさりボクたちが死ぬとは思えなかったけど」

「ていうか、アオイ様もむっちゃびびってましたよね!?」

それを認めたくないだけなのか、本当に平常心を保っていたのかはわからないが、アオイは花川の指摘を無視して、空の彼方を指差した。

「さっき、一瞬だけどこっちに巨大な塔が見えたんだ」

「何もないようでござるが?」

黎明《れいめい》の空には、薄く雲がかかっているだけだった。

「本当に一瞬だったんだよ。けれど、あのバケモノはその一瞬でそちらに向かったようだった。とりあえずボクらもそっちへ行ってみようか」

「正気でござるか！　せっかく助かったというのに！」

「ドラゴンをきっかけに何かフラグが立ちそうだったのに、あいつがへし折っちゃったんだから、次の手がかりはそれぐらいしかないよ」

「いやあああ！　オウチに帰してぇ、でござるぅ！」

アオイがしゃがみ込んだままの花川の襟首を摑む。

その力は思ったよりも強く、花川は抵抗できないままずるずると引きずられていった。

＊＊＊＊＊

「これ……完全に遊んでるよね？」

「ちょっといらっとしたな」

通路の行き止まり。

知千佳と夜霧の前には金属製の箱があった。一抱えほどもある大きさで、蓋が半円筒の形状をしているそれは、いわゆる宝箱だった。

二人ともゲームはする方なので、この箱を目の前にすれば弥《いや》が上にも期待が高まってしまうというものなのだが、中にあったのは金貨が一枚だけだった。

「これ、試練の度にセッティングしてるのかな……」

「本当なら鍵とかはこれに入ってたりするんだろうな」

ここは、塔の五十階だった。

屋上が百階にあたり、九十九階がテレサと戦った場所だ。そこから一階下りた九十八階が宿泊していた場所であり、そこからさらにずっと下りた階層となる。

今いる場所はバトルエリアなので当然何者かに襲われる可能性はあるのだが、二人はのんきなものだった。

「……別にさ、剣聖の肩を持つつもりはないし、受けたくもない試練に巻き込まれてはいるんだけどさ。ちょっとだけ、本当にちょっとだけ申し訳ない気がするのは気のせいかな？」

本来なら、こう楽々と進むことはできないはずだった。

なにせ途中には、鍵の掛かった部屋や、罠のある通路や、仕掛け付きの扉が山のようにあったのだ。それらを解除するには、必要なアイテムや、謎を解くヒントを求めて塔中を探し回る必要があるはずだった。

だが、夜霧はそれらを全て殺しながら進んできた。

幸いなことに、正解ルート自体は単純だった。おかげでほぼまっすぐに突き進むだけでここまでやってくることができたのだ。

「探索したいの？」

「いや、別にしたくはないんだけど、ゲームだとするとこれはいかんだろうという気に……」

ゲームだとすると、これはずる《チート》だろう。ゲーム好きとしては罪悪感を覚える状況だった。

「そういやさ、ドアとか宝箱とか、何でも開けられるんでしょ？　泥棒し放題だよね」

知千佳は話をそらした。罪悪感のお裾分けをしたいと思ったのだ。

「そんなことするわけないだろ。今回は仕方なくやってるんだ」

夜霧は少し気分を害したようだ。知千佳は、こうして拗ねている夜霧もちょっと可愛いと思っていた。

「え？　なんか私、ピッキングできるかって聞かれたことがあった気がするんだけど！」

観光バスを出てすぐのことだ。トランクルームを開けようとした時にそんな話になったことを知千佳は覚えていた。

「壇ノ浦さんが、ピッキングで鍵を開けるのと、俺が力を泥棒に使うのは別の話だよ」

「うっわぁ。納得いかねぇ……ああ、もういいや！　この調子で行こう！」

知千佳は気分を切り替えて、振り向いた。

「ずいぶんと調子よさそうじゃねぇか？」

すると、声が聞こえてきた。

細い通路をゆっくりと男が歩いてくる。

一見獣人にも見えるような、獣の皮を着込んだ男だった。

その姿通りに獣を模した戦闘スタイルなのだろう。手には長大なかぎ爪を付けていて、それをこれ見よがしに夜霧たちへ向けている。

「さっきから見てたぜぇ。マスターキーでも持ってんだろ、それを渡しな。そうすりゃ女の方は——」

「死ね」

男は前のめりに倒れ、動かなくなった。

「こいつも絶対に聖王の騎士って雰囲気じゃないよね！」

「喧嘩を売ってくるのはだいたいびっくり人間みたいな奴だな」

いつもよりは容赦のない夜霧だが、ほどほどにしろという知千佳の意見も考慮はしているのだろう。一応は様子を見てから対応しているようだった。

「聖王とか剣聖の〝聖〟、っていったいなんなんだろうね。この人たち、ホーリーって感じがまるでしないんだけど」

知千佳は遠くを見るような目になった。

ここまでに襲いかかってきたのは奇抜な格好をしたチンピラのような輩ばかりだった。魔神の眷属を倒すだけが務めなら品行方正である必要はないのかもしれないが、それでももう少し人選を考えろと言いたくなってしまう。

「昔は、ちょっと頭がおかしい奴って、聖人として扱われたりもしたって聞いたな。と、地図を持ってるなこいつ。ずいぶんと血で汚れてるから、人から奪ったのかも」

夜霧が倒れた男のそばに座り込んで懐を漁っていた。

「それは泥棒じゃないの？」

「これは、試練の一環だって認識」

紙の束以外にめぼしい物はなかったのだろう。それを奪った夜霧は立ち上がり、来た道を戻っていく。知千佳は後をついていった。

細い通路を抜けて十字路に出る。やはり細く目立たない道は正解ルートではないのだろう。基本的には幅の広い通路を道なりに進めばいいようだった。

目の前の道が最初にやってきた側で、左側に広い道が続いている。なので、知千佳はそちらに向かおうとしたのだが、足を踏み出そうとした瞬間、何かがどさりと落ちてきた。

紺色の装束を着た男だった。

「忍者だよね、これ！　なんでどいつもこいつも聖王の騎士を目指してんの!?」

『まあ、こんないかにもな格好の忍者はファッションであろうがな』

「姿は見えなかったけど、天井に張り付いてたみたいだな」

男の周りには先の尖った小さな棒が散乱している。知千佳には見覚えのある武器、棒手裏剣だった。

「てかさ、なんで襲ってくんの！　塔を下りるだけでしょ？　争う必要がどこにあんの？」

この忍者がただ隠れていただけならば夜霧が存在を認識することはない。殺意があったからこそ殺されたのだ。

「鍵なんかのアイテムは奪い合いが前提なのかもね。地図を見た感じ、下に行くほど行動できる範囲は狭くなってるみたいだ。宝箱も少なくなるし、参加者同士が出会う確率も高くなる。そうデザインしたってことなんだろうな」

「そういやポイントってどうなってるの？」

「ポイントを寄越せって言いながら襲ってきた奴もいるし、殺せば奪えるのかな？」

「でも、今五ポイントだっけ？」

たまにあらわれる魔導人形に聞いてポイントは確認していた。

夜霧は一ポイントのプレートを四枚拾ったので、計算は合っているのだが、だとすると参加者を殺してもポイントは増えないことになる。

「いや、多分、殺すことでポイントは増えると思う。バトルを推奨するのもそのためだろう。けれど、何をもって殺したと認識してポイントを与えてるかってことだな」

「ああ……突然ばたりと倒れても、高遠くんが倒したとは認識されてないってこと？」

「うん。実際、端から見てる限り、因果関係はわからないと思う。ま、別にポイントはどうでもいいけどね。なくても一階まで行けるよ」

その後も二人は大きな通路を歩いていった。

しばらく行くと大きな扉があった。鍵がかかっているようだが、夜霧があっさりと扉を開く。

中は大きめの部屋になっていて、向かい側にはもう一つの扉があった。これまでの経験から考えると、そこには次の階へ繋がる階段があるはずだった。

「これで半分クリアかぁ。私たち結構さくさく進んでるんじゃない？」

「進みすぎでしょう。ずるはよくないと思うのですが」

「へ？」

次の扉に向かおうとしたところで、唐突に聞こえてきた声に、知千佳は戸惑った。

「どっから湧いて出たの!?」

その男は部屋の中心に立っていた。

屋上で見かけた、全身金色の男だった。金のサークレットに、金のローブに、数々の宝飾品。全身を金色で飾り立てた、魔法使いらしき男だ。

「この塔の制作者ですからね。どこにでも出現することが可能なんです」

「そっちの方がよっぽどずるじゃないですか！」

あまりの言いぐさに知千佳は反発した。

「ずるだと言われればその通りではあります。けれど、さすがにあなた方の所業は見過ごせません。まったく……頭をひねって考えた謎《リドル》の数々を素通りされる制作者の気持ちがわかりますか？」

その男は大げさな身振りで嘆いてみせた。過剰な反応にも見えるが、その身なりと合わせれば意外にしっくりとくる態度だ。

「俺たちは聖王の騎士になるつもりなんてないんだ。とりあえず塔を出ていきたいだけなんだけど、それでも駄目？」

「駄目ですよ」

男は微笑んだ。

「なんで？」

壊されるのが嫌なら、追い出してしまえばいいだけだ。それで全てが解決すると夜霧は思ったのだが、それは受け入れられないらしい。

「この塔は結界を維持するために存在してるんです。つまり魔神を封印するためには不可欠な存在というわけですね。もちろん、ちょっとやそっと壊れたぐらいで結界が壊れたりはしませんが、壊せるという事実そのものが問題なんですよ」

「出してもらえるならもう壊さないよ」

「それを信じろというんですか？　それにあなたが魔神の眷属に利用されたらどうします？」

「めんどくさい人だな」

夜霧は頭をかいた。どうやって説得すればいいのかと悩んでいる。

「まったく。千年ぶりに起きてみれば、せっかくの置き土産がこんなありさまですよ。私の落胆をわかってもらいたいものです。まあ、ですが、いいでしょう。私はあの大賢者とかいう男とは違いますから、ぐだぐだと文句は言いませんよ」

「めっちゃ文句言ってますよね……」

知千佳も夜霧と同じようにめんどくさいと思いはじめていた。

「さて、私の名はイグレイシア。大魔道士と呼ばれた男です。あなた方に与えられる選択肢は――」

「死ね」

大魔導士イグレイシアは、実にあっさりとその場に崩れ落ちた。

「いやいやいや、ちょっと待って!?　なんか重要人物っぽかったけど!?」

「知らないよ。こっちは殺《や》られる前に殺《や》っただけだ」

男の正体などまるで気にならないのか、夜霧はさっさと出口らしき扉に向かう。

「選択肢って何だったの!?」

「何にしろ、俺たちを殺すつもりだったよ」

釈然とはしなかったが、覚悟は決めていると言った手前あまりぐずぐずと文句を言ってもいられない。知千佳はすぐに気持ちを切り替えて夜霧に駆け寄った。

14話　偶然そうなったなら、その状況は楽しんでいくスタイル

塔は混乱していた。

正確に言うのならば、結界の保全を司る人造精霊たちが、ありえない状況を前にしてうろたえていた。

最初はソウルパスの分断だった。

塔はソウルやスピリットと呼ばれるエネルギーを収集し、結界の維持に利用している。それらのエネルギーは、塔内部を駆け巡っていて、複雑な経路《パス》を形作っているのだ。

その一部が壊れた。複数の経路《パス》を結びつける結節点《ハブ》が、突如として機能を停止したのだ。

ありえないことだった。

特に頑丈で壊れる可能性がほとんどない場所であり、たとえ壊れようともすぐに自己修復が開始されるはずなのに、その結節点《ハブ》は何も通さなくなってしまったのだ。

もちろん、この程度で魔神が復活することはない。結界は人類を守る最後の砦だ。幾重にも安全措置が施されており、今回の事象も不可解ではあったが、すぐに迂回経路を設定して事なきを得た。

だが、まったく何事もなかったわけではない。

塔周辺を覆う第一結界に揺らぎが生じたのだ。

それは一瞬のことではあるが、その一瞬を捉えた者がいないとは言い切れない。

世界には、魔神を崇《あが》める邪教徒や、魔神の眷属など、魔神復活を虎視眈々と狙っている者どもがいる。それらに気付かれた可能性は少なからずあるだろう。

だが、結界外の問題は塔の管轄外だ。塔は結界を維持し続けることしか考えておらず、結界さえ無事ならば他のことはどうでもいいからだ。

塔はすぐに通常運用に戻ったが、しばらくして、またしても機能不全が発生していることに気付いた。

扉の開閉機構だった。

結界とは直接関係のない、余剰エネルギーを利用しているに過ぎない機構だが、それもそう簡単に壊れるものではないはずだった。

扉が、罠が、仕掛けが、次々に停止していく。

塔は原因を探り、それはすぐに見つかった。

二人の男女だ。その男女が近づくと、塔の一部が機能を停止する。その二人が謎の機能停止に関わっていると類推するのは簡単だった。

塔はその二人を殺そうとした。すると、人造精霊の一部が機能を停止した。

そして、混乱した。

塔は自分が何をしようとしていたのか、わからなくなったのだ。

塔は再び自己診断を開始し、塔内の異常を知る。二人の男女が原因だと気付き、対処しようとし、そして再び混乱に陥る。

塔は、ゆっくりと機能を停止しつつあった。

＊＊＊＊＊

「九十七番さん、おめでとうございます。百ポイントです」

魔導人形はリックにそう伝えた。やはり参加者を倒すことで、保持ポイントをそっくり奪うことができるようだった。

リックとしても積極的に命を奪うつもりはなかったが、なにしろ敵の方からやってくる。返り討ちにしているうちに、自然とポイントが溜まってしまっていた。

ここは五階のセーフエリアだった。

一階まではもう少しというところだが油断はできない。何しろリックを倒すだけで規定のポイントに到達するのだ。

もちろん、他の参加者のポイントはそう簡単にはわからないが、下層にいる者ほどポイントを多く持っているのは容易に想像できる。ここから先はさらに熾烈《しれつ》な戦いになるだろう。リックは気を引き締めて先へと進んだ。

四階に下りるとすぐにバトルエリアだった。

扉の陰からの攻撃を躱《かわ》し、反射的に斬り付ける。そんな攻撃を仕掛けてきたものはここまでにいくらでもいた。今さらそんな攻撃が通用するはずもない。

何者かに止めをさし、さらに先へ。

部屋があった。手に入れた地図を見るにそこを通る必要はない。だが、中からは剣戟《けんげき》の音が聞こえてくる。

漏れ聞こえる声が気になり、リックはその部屋の扉に手をかけた。聞いた覚えのある声だったのだ。

「ひゃあああああああ！　も、もう、いやです！　勘弁してください！」

「ち、畜生！　何やってんだよ！　もう、いっそのこと殺せよ、こんちくしょう！」

「もうさっさとしてよね！　そんな奴楽勝でしょうが！」

中は奇妙なことになっていた。

二人の男が、炎の柵で作られた囲いの中で戦っているのだ。そして、その様子を離れた場所から少女が観戦していた。

炎の柵は数メートル四方の網目状のもので、出入りはできないようになっている。

リックはその内の二人に見覚えがあった。

観戦している少女は、魔法使いのフレデリカ。そして、戦っている男の一人がライニールだったのだ。

「ん、あんた誰？」

フレデリカがリックに気付いた。

「リックと言います。屋上でライニールさんと一緒にいたのを覚えていませんか？」

「ああ、そういえばいたわね。あなた、運がいいわ。私はついさっき百ポイント溜まったところなの」

溜まってなければ殺していたと言わんばかりだった。

「はい。私もポイントは足りていますので、戦うつもりはありません。ところでこれは何を？」

「ああ、こいつさぁ、ちんたらちんたら、びくびくおどおどしててさ。全然ポイントが溜まってなかったからこうやって手伝ってやってんのよ」

「手伝い……なんですか？」

「何？」

「いえ」

ライニールは鎧を着込み、剣を握っているが、まるで様になっていなかった。相手も同じように鎧を着込んでいるがこちらは騎士然とした雰囲気だ。

戦いは見るに堪えないものだった。

中は相当に暑いのだろう。二人共に汗だくでまいっている。ライニールは無傷で、対戦相手はボロボロだった。

この泥沼じみた戦いは装備と腕の差によって発生しているのだ。

ライニールの鎧は余程の業物なのかどんな攻撃も通さず、剣は相手の鎧をさくりと斬り裂いているのだ。

そして、技量は相手の方が上だった。ライニールのへろへろとした攻撃を躱し的確に攻撃を加えている。

総合的に考えればライニールがいずれは勝つ勝負だ。だが、ライニールの性格故なのか、決めきることができずにいる。

「ああ、もうじれったい！　あと一分で決めて！　じゃないと、二人とも焼き殺す！」

炎の柵が厚みを増し、室温がさらに上がった。

結局はそれがだめ押しとなった。

ライニールの対戦相手が、熱に耐えきれなくなったのだ。ふらふらになったところに、ライニールの適当に振り回した剣が直撃する。

胴を真っ二つにされ、相手の剣士は死んだ。

「ああ、もう、まったくもってめんどくさい！」

炎の柵が消え、室温が下がる。

ライニールはよろよろと歩いてきて、リックの前に倒れ込んだ。

「ああ、どうも、お久しぶりです」

「大丈夫ですか？」

「はい……十連ガチャでどうにか、まともな装備が出てきたんです！　レアリティ保証さまさまですよ」

案外元気なようだった。

「今のは雑魚《ざこ》だけど、さすがにここに来るまでに十ポイントぐらいは溜めてたかしらね。さあ、確認しにいくわよ！」

「ライニールさん、同行してもよろしいですか？」

「え、はい！　是非ともお願いいたします！」

リックはフレデリカのやり口が不安になったのだ。

もちろん、わざわざポイント集めを手伝っているのは親切心からだろう。

だが、それにしても危うい。放っておいてはフレデリカがライニールを殺してしまいかねない。

リックはそう思ったのだった。

＊＊＊＊＊

「あのさ、自意識過剰なだけかもしれないけど、もしかしてだけど、どいつもこいつも私を狙ってない？」

髑髏の面を被り、黒い布で全身を包んだ男を見下ろしながら知千佳は言った。

知千佳たちの前に倒れているのは下卑《げび》た台詞《せりふ》をはきながら舐めた態度で迫ってきた男で、今は物言わぬ身となっている。

もこもこが屋上で要注意だと言っていた人物だが、結局その実力はわからずじまいだった。

「その通りだと思うよ。こいつら二言目には女を置いてけみたいなこと言うし」

ここは塔の三階だ。おそらくは二階への通路の途中で、二人の前後には何人かが倒れている。この程度はもう当たり前の風景となっていた。

「だよね――……って！　だから、なんでこんな奴らが聖王の騎士を目指してんの!?」

『まあ騎士や武士などそんなものとも言えるがな。剣聖とて聖人君子とは言いがたいだろう。おおよそは俗物よ』

階を下るごとに行動できる範囲は狭くなり、参加者同士は遭遇しやすくなる。そのため、知千佳たちは頻繁に襲われていた。

聖王の騎士を目指す者同士で、お互いの実力は未知数だ。戦えば何があるかはわからない。もう少し慎重になってもいいはずだが、知千佳たちを見つけた参加者は何故か喜々として戦いを挑んでくるのだ。

そして夜霧は、襲ってきた奴らを残らず殺していた。

話ができるようならしているし、それで戦いを回避できるなら殺すつもりはないのだろう。

だが、結局は死屍累々《ししるいるい》といった有様だ。

どいつもこいつも最初から舐めきった態度でかかってきて、話などろくに聞いてはくれないからだった。

「こいつら、よっぽどステータスってやつを信じ切ってるんだろうな」

「まあ、ステータスとかなくても私らそう強そうには見えないよね」

「でも、考える頭を持ってたら、ここまで生き残ってる奴には何かあると思うのが普通だよね。だから結局馬鹿なんだよ、こいつら」

『身も蓋もないな。だが想像力のない奴から死んでいくのも事実だ』

「でさ、こんなこと聞くのもなんなんだけど。私ってさ、その、そんなに魅力的っていうか襲いたくなる感じなわけ?」

ずっと疑問に思っていたことだったので、知千佳は聞いてみた。この世界にやってきてからというもの、ことあるごとに狙われているような気がしていたからだ。

「あ、その、客観的な事実としてね？　ほら、今後のこともあるじゃない。私は自分のことそんなにたいしたもんでもないかなぁと思ってるんだけど、その認識にずれがあると、何かと問題あるかなって。まあ、こんなところで殺し合いとかさせられて、ちょっとおかしくなってる人がおかしなこと言ってるだけなのかもしれないんだけど」

　極限状態に置かれた動物が種の保存本能に目覚めるといった話を、知千佳は聞いたことがあった。自分が魅力的なわけではなく、そんな、やむにやまれぬ事情なのかと思ったのだ。

「うん。魅力あるし、可愛いよ。スタイルもいいし、襲いたくなる男の気持ちもわかる」

「な！」

　何の衒《てら》いもなく真正面から言われて、知千佳は固まった。

　夜霧は、知千佳の反応を不思議そうに見つめていた。

「心配しなくても俺は襲ったりしないよ。朝霞《あさか》さんに、無理矢理は駄目だって言われてるし」

「それって同意があれば襲うってこと？」

「同意があるのに〝襲う〟必要はないと思うけど、その場合、躊躇う要素はなくない？」

「お、おう……あ、でもさ！　こないだ、街で賢者の攻撃受けた時に押し倒されて胸に顔うずめられてた気がしたんだけど！」

「それは不可抗力だし、偶然そうなったなら、その状況は楽しんでいくスタイルだけど」

「やってることのわりにずいぶんと前向きだ!?」

『うむ。ここまでラッキースケベに肯定的な奴を見たのは初めてだな』

　もこもこは宙で腕を組み、妙に感心した様子だった。

『そして、こんな死屍累々といった状況の中、ラブコメ展開を始めようとする我が末裔《まつえい》にも感心しておる。ずいぶんと図太くなったものよ』

「と、とりあえず先に行こう！」

困った知千佳は、死体を避けて通路を進みはじめた。

夜霧もすぐに追いついてきて、隣に並ぶ。やはりこの通路は正解だったようで、しばらく行くと大きな扉が見えてきた。

扉を開けばこれまでと同様に階段があり、二人は迷うことなくそこを下りていく。

二階への扉を開けると、白い通路が延びていた。久しぶりのセーフエリアだ。

右側を見れば受付カウンターがあり、中にはここまでに何度も見かけた魔導人形が座っている。

「二階への到達おめでとうございます。休んでいかれますか？」

「え。いやもうちょっとなんでしょ。それに十五時までに一階に行かないとだめなんだよね？」

腕時計を見る。十四時になったばかりだった。今さら合格にはこだわらないが、時間内に行けるならそうしたほうがいいだろうと知千佳は思う。

「そうなんですよねー。試練中は二階で休む人そんなにいないんですよねー。けど、この先最後の試練が待ち受けているかもしれませんよ？　休んだり、食事を摂ったりして英気を養いませんか？」

「なんかむっちゃ必死だ、この子」

魔導人形は見た目は同じでもそれぞれ性格が異なっているようだった。

「寂しいの？」

「うっさいですね！　あー、もういいですよ。さっさと行ってください。あ、なんでしたらポイント聞いていきますか！　九十八番さん五ポイント。九十九番さん一ポイントです！」

「勝手にポイントまで教えはじめた……」

九十八番が夜霧、九十九番が知千佳だろう。塔に入った順番に番号が振られているらしい。

「って！　ここまで来てそんだけしかポイントないんですか！　何を考えてるんですか！　一階に行くには百ポイントいるんですよ！　あれ？　でもほんとにおかしくないですか、これ？　だって、絶対に人を殺さないと通れない部屋とかありますし、そこでポイントは増えるはずで……」

「じゃあ行くから」

夜霧がそそくさと先に行き、知千佳も付いていった。このまま話をしていると面倒くさいことになると思ったのだろう。知千佳も同感だった。

しばらく進むと扉があり、そこを通ると通路は灰色になった。

通路は左右と前方の三方向に分かれている。

低階層の地図は持っていないし、どの通路も幅は特に変わらない。どちらに進むべきか手がかりはまるでないのだが、夜霧は真正面の通路へ進みはじめた。

知千佳にはわかっていた。

道を選ぶのが面倒だったので、夜霧はただ前に歩いただけなのだ。

15話　話し合いが通用した記憶がまったくないんだけど

テオディジアの前に広がっているのは、ここまでにはない形状の部屋だった。

直径二十メートルほどの円形で、床には土が敷き詰められている。ここは塔の二階なので、わざわざ用意したのだろう。周囲には階段状に席が設けられているところを見ると、闘技場を模しているようだった。

入ってきたのとは反対側に出口らしきものがある。そこが一階への扉であり、ポイントを判定する場所のはずだったが、その前には一人の男と、三人の少女が待ち構えていた。

テオディジアは目を疑った。

男は玉座らしき大きな椅子に座り、女たちは媚《こ》びるようにしなだれかかっているのだ。

何を馬鹿なことをと思ったが、すぐにテオディジアは気を取り直した。

他に誰かいないかと周囲を見回す。観客席に数人の人影があった。だがそれは、ゴミのように無造作に放り捨てられている死体と、試練の管理をしている魔導人形だ。生きているのは扉の前にいる者たちだけのようだった。

「ここまで来れたってことはそれなりには強いし、ポイントも集めてきたってことだよな？」

テオディジアが近づくと、玉座の男が話しかけてきた。

闘技場内で玉座に座っているなど少々間抜けなようにもテオディジアには思えたが、そんな物をこの塔の中で用意できるというなら、やはりただ者ではないのだろう。

男が着ているファー付きの白いジャケットは、眩しいほどに白く、汚れ一つついていない。見たところ何の変哲もないただの服で、その様子は男の実力を物語っていた。

「おおかた察しは付く。ここで待つのが手っ取り早いということなんだろう？」

男はポイントを集めて回るのが面倒だったのだろう。出口を抑え、やってきた参加者を狩るつもりなのだ。この部屋の様子からすると、その行為は推奨されているかのようだった。

「その通り。俺の分はもう集め終わってるんだけどな。こいつらの分がまだだってわけだ。うーん、けど女かぁ。俺、女は殺さないことにしてるんだけど……」

男が値踏みするように見つめてきた。

テオディジアは黒髪黒目で平凡な顔立ちだ。肌の色は白く、身長は高い方だが、体の起伏は少ない。身に着けているのは薄汚れた外套で、とても見栄えのするものではないだろう。男に好まれる容姿をしていないことはテオディジアも自覚していた。

「ま、俺が殺すわけじゃないからいいか」

男は己の主義を曲げるつもりになったようだ。あるいは、女の範疇《はんちゅう》ではないと判断したのだろう。

「お前にはこいつと戦ってもらう。白《しろ》ってんだ」

男が促すと、しなだれかかっていた少女の一人が恐る恐る前に出てきた。

獣人だ。

目は赤く、白く長い髪の間からは長い耳が伸びていて自信なさげに垂《た》れている。兎の獣人なのだろう。着ているのは丈の長い白い戦闘装束なので、白一色というイメージだ。

「あ、あのぉ！　昌樹《まさき》様が戦ってポイントを譲ってくださるというのでは駄目でしょうかぁ」

「駄目なんじゃないか？」

「で、ではぁ。昌樹様が瀕死に追い込んで、私が止めだけさすというのはぁ」

白は震えているが、言うことは小狡《こずる》かった。

「んー、それはどうなんだろうな？　なあ、そのへんどうなってんの？」

男が観客席の魔導人形に話しかける。

「あのですね。これ、戦闘力を測る試練なわけですよ。うまく立ち回るってのも実力のうちかもしれませんけど、そんな止めだけさすとかでポイントはあげられませんよ？」

「だ、そうだ。なので、安心しろよ。一対一だ」

男がテオディジアに話しかける。

「多勢に無勢に変わりはあるまい」

一人を倒せたところで、次が出てくるだけだろう。結局全員を倒さない限り活路は見出《みいだ》せない。

「こいつに勝てたなら通してやってもいいぞ？」

本気なのかはわからなかった。だが、向こうが一対一のつもりでいるならそれを利用すればいい。隙があれば他の三人を先に殺す手もある。

テオディジアは外套の内から、片刃の小剣を抜き放った。

「いきなりだな。名乗るとかないわけ？」

テオディジアは答える気になれなかった。

殺す相手と馴れ合うつもりはないし、殺し合いの前に名乗る趣味もない。

「あのさあ。せめて、人に尋ねる場合は自分から名乗れ、ぐらい言ってくれよ。やるせねーじゃん。ま、一応名乗っとくと、俺の名は鹿角《かづの》昌樹。ぶっちゃけ聖王だとか剣聖だとかはどうでもいいんだけどな」

テオディジアは昌樹を無視して、白に集中した。

兎の獣人だからなのか、ぶるぶると震えている。それが油断を誘う演技だとすればたいした物だが、その立ち姿は素人同然だ。

「そうそう。武器ぐらいないと困るよな」

そう言って昌樹は、長剣を白に向かって放り投げた。

「きゃあああ！　もう！　いきなりはやめてくださいよぉ」

白が大げさに身をかわし、長剣が地面に突き刺さる。白はおっかなびっくりという様子で剣を手にした。剣を持った途端に覚醒するなどということもなく、危なっかしい手つきで剣を握りしめている。

「おもっ！　これって使う必要あるんですかぁ！　使わない方がよっぽどましだと思うんですけどぉ！」

「聖王の騎士になるってのは剣聖の部下になるってことなんだろ？　剣士らしいところ見せてみろよ」

テオディジアは白の構えなどどうでもよくなっていた。

昌樹は立ち上がり、背を壁に預けて腕を組んでいる。女たちがしなだれかかっているのは相変わらずだ。

すっかり観戦者気分のようだが、先ほどまで座っていた椅子が消え去っていた。

それに先ほどまで昌樹は長剣など持っていなかったはずだ。

「貴様……賢者に与するものか？」

常軌を逸した力を目の当たりにし、テオディジアはまずそれを疑った。この世界には数々の強者がひしめいているが、多くは賢者から力を与えられた者だ。賢者は比較的気軽にその力をばらまいているのだった。

「俺は、賢者にも剣聖にも関係はないぜ。ただ強すぎてやることがなくなっちまってな。なんか面白そうだから参加してるまでだ」

剣聖の敵対勢力ならば戦う必要はない。泳がせておけば、目的達成の役に立つかもしれないとテオディジアは思ったのだが、そううまくはいかないようだった。

ならばまずは兎人の白を倒す。テオディジアは覚悟を決めた。

逃げ隠れできない闘技場での、一対一の対戦。採れる戦術はそう多くはない。ならば先手必勝。

テオディジアは、届くはずもない間合いで剣を振り切った。

ドン！

打ち下ろしの一撃が闘技場を斬り裂いた。剣圧により生じた衝撃波が地面を削りながら一直線に疾《はし》り抜ける。白はまるで反応ができず、なすすべもなく斬撃をその身で受け止めた。

「いったーぃ！　なんなんですかぁ！　いきなりひどいですよぉ！」

だが白は無傷だった。真正面から攻撃を食らい、吹き飛ばされたものの、額をさすりながら平然と起き上がったのだ。

手加減をしたわけでも、油断をしたわけでもない。テオディジアはこの一撃で確実に決めるつもりだった。

――全力を出せない状態とはいえ、今のが効かないとなると……。

力押しは通用しない。工夫が必要になってくるだろう。

「白ぉ。これでわかったろ？　そいつの攻撃なんてたいしたことないんだ。怖がる必要なんか全然ないんだよ」

「あ、これって、もしかして、私でもやれちゃいますかねぇ？」

「やれるに決まってるだろ。ぽりぽりぽりぽり、どんだけステータスアップの種を食ったと思ってんだよ」

「じゃあ、いっきまーす！」

おぼつかない足取りで白が近づいてくる。

剣を上段に構えようとしているので、そこにテオディジアは横なぎの一閃を叩きつけた。

だが、無傷だ。衣服は横に切り裂かれたが、やはり体には傷一つついていない。

テオディジアの攻撃などお構いなしに、白が剣を振り下ろす。

刃筋の立っていない、素人同然の攻撃だ。魔力を併用しているわけでもなく、なんの脅威も感じはしない。

だが、テオディジアは大げさに飛び退いた。

白の剣は何の抵抗もなく床を斬り裂き、その刀身を深く埋めた。

「ちょっとぉ！　よけないでくださいよぉ！」

尋常ではない威力だ。こちらの攻撃はまるで通用せず、一撃でも食らえばそこで終わる。

こうして、テオディジアにとっての絶望的な戦いが幕を開けた。

＊＊＊＊＊

中に人の気配がある。

もこもこがそう言うので、夜霧たちは扉を少し開いて中を覗いた。

そこには五人の男女がいて、そのうちの二人が奇妙な戦いを繰り広げていた。

一人は薄汚い外套を纏った、歴戦の勇士を思わせる黒髪の女だ。部屋の中をめまぐるしく動き回りながら的確に攻撃を繰り返している。

もう一人は、白く長い髪の間から兎のような長い耳を生やしている少女で、裸同然の姿でふらふらと剣を振り回していた。

「剣士同士が戦ってるのをこの塔に来てから初めて見たよ！」

夜霧たちは色物ばかりに襲われていたので、どこか新鮮な光景だった。

だが、夜霧には剣闘よりも気になっていることがあった。

「兎人間ってことか。ほら、尻尾が丸いし」

兎少女の服はボロボロになっていた。尻はほとんど丸出しで、白く丸い兎のような尻尾が見えていたのだ。

「今気にするのそこ!?　てか、あんまりじろじろ見るもんじゃないでしょ！」

兎少女は長大な剣を無闇矢鱈《むやみやたら》と振り回していた。余程その剣が重いのか、振る度に体が流れる始末だ。もちろんそんな攻撃が当たるわけもなく、外套の女は剣の届かない死角から思う存分に斬り付けていた。

夜霧にでも二人の実力差は十分にわかる。だが、この戦いが奇妙な点はこれほどの実力差がありながらまるで終わる気配がないことだった。

兎の少女はどんな攻撃を食らおうと傷一つつかず、まるで気に留めていない。実力者であろう外套の女の方が必死になっている有様だった。

「裸って言っても兎人間だし、気にするほどのことでもないと思うけど」

「いやいやいや、耳と尻尾以外はほとんど人間でしょ？」

「そう？　差別的に思われるのもいやだけど、動物の耳と尻尾が生えてる時点で人間じゃないと思うし、欲情できないよね」

「でも、おっぱいあるじゃん！　大きいじゃん！」

「あればいいってもんじゃないよ。おっぱい単体ならいいけど、それが兎人間についてるって時点で論外だ」

「なんなの、そのこだわり⁉　いいじゃん、美少女じゃん！」

「どれだけ美少女でも余計なもんついてると思うだけで萎えるよ」

「あー、そういや、猫耳の子を見た時も反応は薄かったよねー」

『うむ。小僧のこだわりはともかくとして、この場はどうするつもりなのだ？』

焦《じ》れたのか、もこもこが先を促した。

「いや、関係ないよな。この先に進めばいいだけだよね」

「確かに関係ないんだけどさ、この状態の部屋を突っ切るってできないよね？　まさか殺しちゃうわけじゃないでしょ？」

兎少女がよたよたと剣を振り回し、外套の女が縦横無尽に駆けながら小剣で斬り付けている。それだけなら外周部を通れそうなものだが、彼女たちの繰り出す攻撃は時に衝撃波のようなものを伴っている。安全な場所などどこにもなく、とても反対側にある扉まで辿り着けそうにはなかった。

「なんで通行の邪魔だってぐらいで殺すんだよ。ちょっと待ってればいいと思うんだけど」

敵は問答無用で殺す方針だが、現時点では敵かどうかはわからない。確かに邪魔ではあるが、殺意を向けてこない者を殺すつもりなど夜霧にはなかった。

『しかし、終わりそうにはないのだがな。外套の女はたいしたもので的確に急所を狙っておるのだが、まるで効いている気配がない。目玉すら攻撃を受け付けんようだ。おお、秘所への攻撃も効かぬとは』

外套の女が滑り込むように兎少女の股の間に入り込み、下から剣を突き上げながら、潜り抜ける。攻撃の通りそうな場所を探っているのだろう。だが、そんな脆弱《ぜいじゃく》そうな部分への攻撃でさえ、まるで効いている様子はなかった。

「そろそろ本気を出せば？　このままじゃ埒があかないぜ？　変装に力割いてる場合じゃないだろ？」

外套の女が一旦距離をとったところで、奥にいる男が話しかけた。

「バレているのなら出し惜しみしても仕方がないな」

そう言った途端に女の雰囲気が変わった。もともと鬼気迫るような戦いを見せていたが、さらに迫力を増したように夜霧には見えたのだ。

そして、雰囲気だけではなく、その見た目も変わりはじめた。

黒かった髪は銀色に。白い肌は褐色へと変わっていく。

「へえ。何か隠してるとは思ってたけど、あんた半魔ってやつだろ」

変身を終えた女は無造作に剣を振った。同時に兎少女の右腕が落ちた。

「きゃあああああ！　昌樹様！　痛いっ！　これは痛いですよ！」

重傷の割にはどこかのんきな様子で兎少女は叫んでいた。

「この姿を見られたのならあとは時間との勝負だ。邪魔が入る前に先に行かせてもらう！」

このまま一気に片を付けるつもりなのか、女が剣を振りかぶりさらなる力を込めた。

女の剣が闇を纏っていく。黒く朧気《おぼろげ》な刀身が倍以上に膨れあがり、女はその力を一気に解放した。

剣圧が影となり、床を割りながら走る。

その圧倒的なまでの威力は、兎少女を真っ二つにする。夜霧にはそう思えたのだが、その光景は実現しなかった。

兎少女は長剣を残して忽然と消え失せたのだ。

「何!?」

それに女が反応できたのは修練の賜《たまもの》か、はたまた偶然か。横から殴りつけてきた兎少女の拳を、女は剣の横腹で防いでいた。

数歩横に飛ばされながらもかろうじて衝撃を受け流す。

だが、この瞬間から女と兎少女の立場は逆転していた。

腕を断たれ剣を捨てたからなのか、兎少女は目にも止まらぬ速度で動きはじめたのだ。

「なんか、まだまだ終わりそうにないね」

知千佳が困ったように言う。

「確かにね。けど、こんな場合は話し合いでどうにかすればいいと思うんだ」

殺すわけにもいかないが、黙って待っていても埒があかない。ならば話をするしかないと夜霧は単純に考えた。

「ここまでで話し合いが通用した記憶がまったくないんだけど!?」

呆れたように言う知千佳を置いて、夜霧が扉を開いた。

「すみませーん、ちょっと通してもらっていいですか？」

そして部屋に入った夜霧は、全員に聞こえるように声を張り上げた。

「高遠くん、空気読んで!?　今、そんな感じじゃないから！　死闘が繰り広げられてるから！」

知千佳が背後から夜霧の肩をつかみ、がくがくと揺さぶる。

部屋の中にいた者たちの動きが止まり、いっせいに夜霧たちを見つめた。

16話　お前は喧嘩を売る相手を間違えた

　全員がいっせいに夜霧たちを見ていた。

　部屋の中にいたのは五人。

　先ほどから戦いを繰り広げていたのが全身白尽くめの兎少女と銀髪褐色の女で、それを壁際で観戦していたのが白いジャケットの男、軍服のようなしっかりとした服を着た女、ドレス風のワンピースを着た幼い少女の三人だ。

　全員が全員、誰かがやってくるとは思ってもいなかったという様子で、戦っていた二人も動きを止めて夜霧たちを見つめている。

「どうやって入ってきた？」

「今、このドアを開けて入ってくるのが見えなかった？」

　男が信じられないという様子で確認してきたが、夜霧は馬鹿馬鹿しいと思いながらも直前の行動を説明した。

「ああ。そういうことか。俺も間抜けだな。塔の強度を考慮にいれてなかった。つまり、お前らは俺の作ったドアを通らずに、なんらかの手段で壁を壊して迂回したということか」

だが、すぐに男は勝手に納得していた。

そう言われれば夜霧には心当たりがあった。

この部屋への通路には扉があったのだが、それはこれまでに通過してきた扉とは様式が異なっていたのだ。

もちろん、どんな扉であろうと関係はなく、殺して通るだけだ。扉とは出入りを制限するもので、殺せば機能しなくなるのが夜霧にとっての常識だった。

「ま、なんだっていいんだけど。さっきも言ったように通してほしいんだ。今戦いは中断してるみたいだし丁度いいよね」

そう言って夜霧はずかずかと部屋の中ほどまで歩く。知千佳はその後をぴったりとついてきていた。

「おいおいおい。止まれよ、なあ」

呆れたように男が言い、夜霧は素直に立ち止まった。

「なんだよ？　あんたらは、この人と戦ってるんだろ？　だったら通ってもいいと思うんだけど。邪魔はしないよ。ここでぐだぐだやってる方が邪魔になると思うし」

「いや。お前らにも付き合ってもらおうか。俺たちはここでポイントを溜めてるんだ。俺の弟子たちはポイントが溜まってなくてな。三人ずつなら丁度いいだろ」

そういうことかと夜霧は納得した。結局全員がここを通るなら、ここで待ち伏せしていればいいということなのだろう。

「ああ、戦うだけ無駄だよ。二人合わせても六ポイントしか持ってないから」

「だったら戦わなきゃ駄目だろ！」

なぜか男に心配されてしまった。

「つーかホントかよ、おい！　こいつらのポイントはどうなってる！」

男が観客席にいる魔導人形に呼びかける。

「あのですね。人のポイントは教えられませんヨ」

「教えてあげていいよ。俺たちは気にしないから」

「まア、本人の許可があるナらいいですのでお知らセしますけど、九十八番、ゴポポポポポ」

「ポ？」

魔導人形は調子の外れた声で、叫びはじめた。

「ポポポアアアポポポポポアパパパパパパパ」

そして声は唐突に途切れた。魔導人形は目と口を大きく開いたまま、倒れてしまったのだ。

「らしいよ？　なんかおかしくなったけど、五ポイントとは言ってただろ？」

「結局わかんねーよ！　おいどうしたんだ!?」

男が呼びかけるも、魔導人形は二度と答えなかった。

「俺らは別に聖王の騎士とか興味なくてさ、なんとなくついてきたら巻き込まれた感じなんだよ。だから、ポイントを集めるつもりは最初からないんだ。通してくれないかな」

夜霧は男と、銀髪の女に話しかけた。

「あのな、確かにここを通るぐらい簡単だ。試練だか何だか知らねーが、封じられてる扉を力ずくで壊すぐらい俺にならできる。なんなら床を突き破ったっていい。一階に行く手段ならごまんとあるんだよ。だけどな、これはポイントを集めるっていうゲームで、俺はそのルールに則《のっと》って楽しんでるんだ。横紙破りは許さねーよ」

「君は？」

夜霧はあらためて、銀髪の女に聞いた。

「私はお前たちがどうしようと構わない。すでにポイントは集めているので戦う理由もない」

邪魔が入って気分を害しているかと思えば、女の方はそうでもないようだった。劣勢にあったようだから、仕切りなおせると内心喜んでいるのかもしれない。

「じゃあどうしたらいいんだよ」

面倒なことになったと夜霧は思った。戦いは中断しているから通ることはできるし、ポイントを求めて戦うつもりもない。なのに、男はそれでも通すつもりはなさそうなのだ。穏便にすませられる状況ではないらしい。

「でもま、考えようによっては丁度いいだろ。三対三になっただけだ」

「ポイントないって言ってるのに？」

「それはもうどうでもいいな。何かおかしくなってきてるようだし、このゲームも潮時ってことだろ。この勝負が終わったら先に進むことにするよ」

そう言って男は、側にいる女二人に促した。

「そっちの兎が白。大きい方が、ゲラルダ。ちっこい方がエマだ。全員俺の弟子でな。ここに来たのは修行も兼ねてる。こいつらに勝てたなら、ここは通してやるしなんだったら弟子にしてやってもいいぜ」

軍服を着た少女、ゲラルダとドレス風のワンピースを着た少女、エマが前に出てきて、兎の白の隣に並んだ。

いつの間にか銀髪の女が夜霧たちの隣にきていた。なので男の思惑通り三対三で向かい合うような形になっている。

「高遠くんの交渉力に多大な疑問があるんだけど！　何この状況!?」

「まああれだよ。自信満々で人の話とか聞かないタイプだよね、あいつ」

「それ、あの人見た瞬間からだいたいわかってたよ!?　あ、その、すみません、何かおかしなことになっちゃって」

知千佳は夜霧に文句を言って、そのまま銀髪の女に話しかけた。

「いや。どちらかといえば災難なのはお前たちの方だろう。後から来た二人が、兎と同等以上なら勝ち目はほとんどないと言っていい。それに勝ったところであの男が素直に通すかはわからんしな」

「そうそう。白が一番弱いからな。頑丈にはしてあるけど戦いは素人だ。だけど、エマは剣術に長《た》けてるし、ゲラルダは魔法が専門だ」

銀髪の女の疑問に答えるように、男が言う。

「実のところ通す通さないってのはあんまり気にしてないんだよな。白はおいとくとして、俺が直々に鍛えた弟子たちだ。こいつらが本気を出したら、それこそ一瞬で終わっちまう」

「なんでおいとかれるんですかぁ。白だって強いですよぉ」

「お前はまず、腕をくっつけろ。あと、剣を使うと絶望的なぐらい弱いってわかったから、今回は使わなくていい」

「師匠。今の発言はどのような意味でしょうか？　本気を出すなと言っているように聞こえたのですが？」

軍服の女、ゲラルダが聞いた。

「手を抜けとは言わないけどさ、全力全開だと消し炭も残んないだろ。空気読んでそれなりに戦えってことだよ。ああ、外套の人は変装が解けたら美人になったし、殺さなくていいや。そっちの娘は日本人だよな。日本人の美少女ってのも久しぶりだしそっちもキープで」

「先生の悪い癖が出ているです……じゃあ、この男の子だけ殺すのです？　私的には結構好みなのです」

小柄な少女、エマが不満げに言った。

「イケメンは死ねって常々俺は思ってる」

「了解いたしました。ただ、女の方も無事ですむとは思わないでいただきたい」

「嫉妬かよ。まあ生きてさえいりゃどうにでもなるし、そこは任せるよ」

それで話は終わったつもりなのか、男はゆったりと壁に背を預けて腕を組んだ。余程自信があるのか、高みの見物といった様子だ。

「高遠くん、どうするの？」

突然の状況に、知千佳が困惑している。

「どうするって、ここまでと一緒だよ」

あるいは殺すなという命令があったなら、結果は違うものになったのかもしれない。だが、殺意を向けられた夜霧がすることは一つだけだ。

「死ね」

三人の女が膝から崩れ落ちる。

そのまま前のめりに倒れ、そして動かなくなった。

「じゃあ通ってもいいよね。そういう約束だし」

銀髪の女は何が起こったのかまだわかっていないようで、臨戦態勢に入ったばかりだった。何かの作戦かと思ったのか、油断なく倒れた女たちを注視している。

男は目を見開き、口をぽかんと開けていた。その光景は予想外の、ありえないものだったのだろう。思考が空白になっているかのようだった。

夜霧はすたすたと歩きだした。知千佳は呆れながらも、いつものことだと思ったのか即座についてくる。

出口に辿り着き、夜霧は扉を蹴った。扉はあっさりと開いた。

扉を蹴る派手な音で、目が覚めたのだろう。壁にもたれかかっていた男が、動きだすのがわかった。

真っ黒な殺意が周囲を埋め尽くす。ここまであからさまな、純度の高い殺気を見たのは夜霧も久しぶりだった。

「嘘吐き」

夜霧は男に向けて力を放った。

＊＊＊＊

ゲラルダは昌樹を殺そうとやってきた女だった。

昌樹は魔王を殺し、そのまま魔王城に居座っていたので、魔王だと思われていたのだ。

その時期の昌樹は暇だった。魔王を倒すべく勇者気取りの馬鹿でもやってこないかと待ち構えていたのだ。

そこにやってきたのがゲラルダだ。

適当にあしらった後に、魔王ではないことを告げると、昌樹の強さに感服したのか弟子にしてくれと言いだした。

昌樹は、弟子を育てるのも悪くはないと考えた。自分が何と戦おうと勝つことは自明で退屈なだけだ。だが、それなりの強さの弟子を鍛えて戦わせるのは面白そうだと思ったのだ。

やってみると退屈しのぎにはなったので、弟子を増やすことにした。世界中を回り天賦《てんぷ》の才を持つ者を探した。そうして見つけたのがエマだ。まだ幼いが、すでにゲラルダを超える逸材だった。

ただ、才能がありすぎるのもつまらない。そこで今度はもっと弱そうな者を鍛えようと思った。

そして選んだのが最弱の種族である兎人の中でも最も弱そうな女、白だった。

昌樹の暇つぶしは充実しはじめていた。それぞれに個性があって教え甲斐があったし、弟子の成長を見守るのは娯楽としてはほどほどに刺激があったのだ。

だが、その三人は倒れていた。

それが何を意味しているのか、昌樹はすぐには理解できなかった。

何の冗談かと思ったのだ。

いくら本気を出さないにしても舐めすぎだろう。そう苦笑しようとして、彼女らが先ほどからぴくりとも動いていないことに気付いた。

義眼の力を発動し、三人の状態を確認する。

死んでいた。

あまりにもあっけなく、何が起こったのか理解できなかった。

扉を蹴る音に気付き、昌樹は正気を取り戻した。

こいつらがやった。そうとしか思えない。

手塩にかけた弟子たちを殺され、激情で目の前が赤くなる。そして、時間が停止した。

昌樹がコマンドモードと呼んでいる状態だ。時間が停止している中を自由に動けるような能力ではないが、高速思考状態になり余裕を持って次の手を考えることができる。

『モナド！　状況を説明しろ！』

『おぉっ！　お前が俺を呼ぶなんざ久しぶりじゃねーか！』

モナドは昌樹が創造能力で二番目に作り上げた、情報解析ツールだ。全知とまではいかないが、この世界のかなりの情報にアクセスし、最適解を導き出すことができる。

ただし、作ったはいいが適当に戦っても苦戦することがなかったので、ほとんど使用していないアイテムだった。

『挨拶はいい！　どうなっているのか聞いている！』

『ふむ……ああ、ご愁傷様だな。お前の弟子は死んだ。やったのはそこの男、高遠夜霧だ。お前と同じ日本人だ。賢者に召喚されているな』

『女神による転生じゃないのか』

『ああ、なのでお前が女神から奪った、女神系統の管理能力は通用しない』

『こいつは何者だ！　何をやった！』

『何者かはわかんねーよ。やったのは本人が説明するところによれば、即死能力らしいな』

モナドはこの世界に来てからの夜霧の発言記録を参照し、情報を引き出した。

『ふざけるな！　俺がそんな手抜かりをすると思ってんのかよ！　即死対策は万全だった！』

『知るかよ、そんなこと』

『くそっ！　まあいい！　むかつくが弟子はまた集めりゃいいんだ。とにかくこいつは殺す！』

即死能力だかなんだか知らないが、このコマンドモードで次の手を発動すれば、それは即座に効力を発揮する。相手を即死させられるのは昌樹も同じだった。

『おいおいおい。勝てれば通してやるって話じゃなかったのかよ？　ずいぶんと器が小せぇなぁ！』

『ちょっと待て！　お前さっきからどうしたんだ？　何かおかしいぞ』

確かに作った当時から口の悪い存在ではあった。だが、こんな無駄口は利かなかったはずだ。

『ああ、なんか勘違いしてるよな、お前。俺の人格はお前が作ったものじゃないんだぜ？　お前が全知を望んだから、それに近い存在である俺様がたまたま組み込まれちまったってだけでな。これでお役御免かと思うと、つい口が滑ったとこういうわけだな』

『は？　お前は何を言って……』

『お前は喧嘩を売る相手を間違えたんだよ。異世界チートお気楽生活をやってりゃそれで幸せに暮らせたのに馬鹿だよなぁ！』

『だから何を言っている！　こんなもん、次の瞬間に焼き尽くしちまえば終わりだろうが！　なんだったら塔ごと全て消滅させてやってもいい！』

『ぎゃはははははっ！　だからよぉ、次の瞬間なんざ来ないんだよ！　永遠にな！　もう、すでに！　高遠夜霧は能力を発動しようとしていまーす！　何をしたってまにあいませーん！　あはははははっ！　信じないんだったらそれでもいいぜぇ？　やりたいようにやりゃいいじゃねぇかよ』

『た、対策は！　お前はそのための存在だろうが！　未来を予知して、その未来をねじ曲げるためにあるんだろうがよ！』

『未来も何も、取れる行動がないんだからどうしようもねえだろうが？　ああ！　一つだけあるぜ？』

『言え！』

『ずっとこのままでいりゃいい！　さすがに永遠に引き延ばすってのは無理だが、お前の主観時間で三年ぐらいはいけるだろうな！』

絶望が忍び寄る。ゆっくりとではあるが、昌樹は現状を理解しはじめていた。

『嘘だろ……ちょっと待ってくれよ！　なんで俺が死ななきゃならねーんだよ！』

『そりゃ人はいつか死ぬからな』

『俺は、俺だけは違うはずだろ！　神すら殺した！　その権能を簒奪《さんだつ》した！　そう、俺は言わば神だ！　不死のはずだろうが！　こんなところで死ぬはずがない！』

『おいおいおい、お前がその不死のはずの神を殺したんだろうがよぉ。自分のやったことは棚上げか？　はっきり言ってやろう。高遠夜霧は人智を超えた存在だ。お前ごときでどうにかなるもんじゃねぇ。高遠夜霧が力を使ったなら、それが何者だろうが確実に死ぬんだよ！　ま、別にいいんだぜ？　俺の言うことなんざ信じる必要はまるでねぇ。さっさとコマンドを選んでコマンドモードを解除しろよ。案外さっくり殺《や》れるかもしんねーしなぁ！』

馬鹿馬鹿しいと切って捨てることはできなかった。

昌樹は、自分が完璧な存在だと信じ込んでいたからだ。その自分が作り出した存在が、自分の死を告げている。

死の宣告を無視するならば、それは自分が完璧ではないということで、それは己の存在すら揺るがす事態だ。

昌樹は、苦悩した。

時間だけはいくらでもあった。

だが、まともな思考ができなくなるまでに、そう長い時間はかからなかった。

＊＊＊＊＊

どさり、と音を立てて男が倒れた。

夜霧が力を使ったのだろう。知千佳は今さらその是非を問うことはない。夜霧が殺したのなら、この男には殺意があったのだ。

「あれ？　この人こんなんだったっけ？　顔が違うような」

倒れた男を見た知千佳は首をかしげた。

もう少しかっこいい顔をしていたような気がしていたのに、ずいぶんと老け込んで見えたのだ。

「さあ。どんな顔だったか覚えてないよ」

たいして興味もないのだろう。一瞥《いちべつ》もせずに夜霧は先に進もうとする。

「ちょ、ちょっと待ってくれないか！」

すると、銀髪の女が慌てて駆け寄ってきた。

「これはあなたがやったのか？」

そして倒れた男を指差す。

「そうだよ」

「ならば、ぶしつけなお願いで申し訳ないが、どうか私を助けてくれないか!」

銀髪の女が深々と頭を下げた。

「え、どうしよう?」

さっさと先に行こうとしていた夜霧が戸惑っていた。低姿勢に出られるのには弱いらしい。困った顔で知千佳を見つめた。

「私にふらないでよ……まぁ、事情ぐらいは聞いてあげても」

さっさとこの塔を出たくはあるものの、無視するのも寝覚めが悪いと思う知千佳だった。

17話　むっちゃラスボス感出してるんだけど

もこもこに周辺の偵察を頼み、知千佳たちは闘技場の観客席に移動した。

「まず私の名だが、テオディジアという」

テオディジアは薄汚れた外套を纏っていた。銀色の長髪と褐色の肌が特徴的な美しい女で、歴戦の勇士といった雰囲気を醸し出している。

「俺は高遠夜霧で、こっちは壇ノ浦知千佳。王都に向かってる途中だったんだけど、この辺に来たら聖王の騎士の試練とやらに巻き込まれた」

「巻き込まれたのかなぁ。結構こっちから首つっこんでった気もするんだけど……」

ここに来るきっかけとなったのはドラゴンの少女、アティラの提案だが、断ることもできたはずだと知千佳は思った。

「で、具体的には何を助けてもらいたいの？　試練とは関係ない話だよね？」

試練についてならお互い参加者同士で競い合う相手だ。一時的な協力関係になることはあっても、助けを求めることはないはずだった。

「お二方は異邦の者だな。我々のような者を、口さがない者どもは半魔と呼んでいるが、それは知っているか？」

「いや、この世界のことについては疎いんだ。常識的なことでも説明してもらえると助かるな」

「世間的には蔑称ということになっているが、我々は氏族ごとに細分化されていてな。総称としては半魔と呼んでくれて構わない。特徴は銀色の髪と褐色の肌。それに膨大な魔力だ」

「テオディジアさんもその魔力で、すごい魔法を使えたりするんですか？　さっきも剣から黒いの飛ばしてましたよね？」

「先ほどのは剣術だが？」

「どこが!?」

あまりにも知千佳の知る剣術とかけ離れていて、戸惑うばかりだった。もこもこの意見も聞いてみたいところだ。

「それに私には魔術の才能がない。もっとも氏族の大半がそうなので、宝の持ち腐れだな。ただ、宝には違いないわけで、これを欲する者たちがいる。魔力を使って何かやらかそうという者どもには、どうも我々は使い勝手がいいようなのだ」

「つまり、その何かやらかそうってのが、剣聖？」

一瞬、夜霧が何を言っているのか知千佳にはわからなかった。

だが、助けてほしいというのが、試練についてではないなら、テオディジアはそれ以外の用がこの塔にあるということだ。先ほどの話からするとテオディジアの一族は何かと狙われがちらしい。夜霧は、剣聖が半魔を攫って何かしていると推測したのだろう。

「そうだ。ここに同胞が幽閉されている。私は行方不明になった妹、エウフェミアを捜しているのだ」

どこかで聞いたような名前だと夜霧は思ったが、どこで聞いたのかは思い出せなかった。

「その言い方だと、仲間はここにいるみたいだけど、妹さんかどうかはわからない？」

「ああ。同胞がどこにいるのかはなんとなくわかるんだ。ここよりも下、おそらくは地下だ。ただ、さすがに誰がいるのかまではわからない」

「助けてくれってのは、仲間を救う手伝いをしろってこと？」

「その通りだ。変装が解けてしまったので、もう塔内では自由に行動できないだろう。私が捕らえられるのも時間の問題で、このままでは同胞と同じ憂き目に遭う。だが、高遠殿のお力添えがあれば……」

言っているうちにあまりに身勝手な物言いだと思ったのか、テオディジアの言葉尻は弱くなっていった。

「まず変装が解けてること自体は大丈夫じゃないかな。塔の中はもう監視されてないと思う」

ここに来るまでにいろいろ壊しすぎたのか、塔の監視機能は失われているようだった。

「その変装ってもう一度できないんですか？」

知千佳が訊いた。それができるなら問題は解決すると思ったのだ。

「術は仲間にかけてもらったので無理だ。術の維持には私の魔力が使われていたのだが」

「じゃあ仕方がないか。けど、半魔だから捕まえるって言ってきたら一緒に文句を言ってあげるよ」

「その、それは助けていただけるということだろうか？」

夜霧が同行を前提に話をしたからだろう。テオディジアが戸惑っていた。

「うん。別にいいよね？　塔を出るのはちょっと遅くなるかもしれないけど」

夜霧が知千佳に訊いた。そのあたり、勝手には決めないということらしい。

「まあ、悪い人でもなさそうだしね。けど、高遠くんってこういう時もっとめんどくさがるかと思ってたよ」

「なんでだよ。助けてくれって言われたら普通は助けるよ」

夜霧が少しばかり拗ねたように言った。

「ああっ！　確かに、何か頼まれて断ってるところは見たことない！　ていうか、だいたいの奴はいきなり襲いかかってきてるから、話し合う余地もないんだけど！」

そもそも夜霧は、この世界に来て真っ先に知千佳を助けている。やる気がなくて、何でもめんどくさがるようなイメージがあるが、思い返してみればそんな事実はほとんどなかったのだ。

「その、助けを求めておいて今さら言うのもなんだが、私への協力は剣聖への敵対行為になるぞ？」

テオディジアが戸惑いながら訊いてきた。

本来の彼女の計画は、参加者にまぎれて塔内を探索し、仲間をみつけてこっそりと逃げ出すことだったのだろう。

だがそれは、変装が解けた時点でほぼ失敗している。後はもう破れかぶれで突撃するしかないが、それは確実に剣聖と敵対する道だ。

「多分、敵対ってことならもうしてる気がするな。塔を壊しすぎてるし」

「塔の弁償しろって言われたらどうしようとか気が気じゃなかったけどね」

途中からは知千佳もやけくそになっていた。だから、剣聖から友好的に話を聞くというのは、もうほとんど不可能になっているのだ。

「そ、それに何のメリットもないだろう！　私を助けても得られるものなど何もない！　剣聖を敵に回すことがどれほどのリスクなのか、本当にわかっているのか！」

ここまであっさりと協力を得られるとは思っていなかったのだろう。テオディジアにとって剣聖とは圧倒的な脅威であり、これほど簡単に敵対を決意する者がいるなど、考えもしていなかったのだ。

「まあ別にメリットはないけど、本気で困ってるみたいだし」

「そうなんだよね。私を助けたのも別にメリットがあるからじゃ……って、おっぱいか！」

知千佳はテオディジアの胸を凝視した。外套で隠れているが、よく見れば結構大きかった。

「胸？　ああ！　私の体一つで協力を得られるというなら安いものだ。好きにするといい」

「そのありがちな展開はやめてくれないかな！　てことで、別に体とか求めてませんから！ね！」

「うん。俺も好みはあるし」

一応夜霧の口から否定の言葉は引き出せたが、夜霧は据え膳は食う方針らしいし、知千佳は気が気ではなかった。

「それはともかくとして、テオディジアさんの言い分だけを鵜呑みにもできない。状況を見てどうするかは考えるけど、それでいいかな」

テオディジアの仲間が極悪人で、剣聖側にやむにやまれぬ事情がある可能性もあるだろう。テオディジアの話だけで、剣聖を悪だと断定もできない。

「打つ手がなくなって、お願いしている立場だ。どうなろうと文句などない」

「じゃあ、一応の目標はテオディジアさんの仲間を助けて塔を出ること。とりあえずは地下を目指すけど、妨害する人がいたらまずは話し合うってことで」

知千佳もたまに忘れてしまいそうになるが、なにも夜霧は手当たり次第に殺しているわけではない。基本的には防衛行動を取っているだけで、その防衛行動で必ず相手が死んでしまうだけのことなのだ。

「うん、結局話し合いにならない光景しか思い浮かばないけどね！」

テオディジアは剣聖への対抗策を夜霧に求めているのだろう。

そして、それはおそらく可能だ。剣聖だろうがなんだろうが、相手が攻撃の意思を示した瞬間、夜霧は殺してしまう。剣聖がこの世界にとってどれほど重要であろうと、夜霧にはまるで関係がないのだ。

「剣聖が話わかる人だといいよね……」

知千佳は最初から諦め気味だった。

＊＊＊＊

話し合いが終わり、三人は闘技場を出た。階段を下りると、すぐに一階の扉に辿り着いた。

一階の部屋に入る前に、テオディジアは外套のフードを深くかぶり髪と顔を隠した。気休めではあるが、それをしないよりはましだろう。

十五時直前だった。これで一応制限時間内に到着できたことになる。

扉を開けて中に入ると、そこは見覚えのある場所だった。円形の巨大なホールで、中心部にエレベーターの入り口が存在している。

そこには十数人の人影があり、円陣のような形をとっていた。何やら遠巻きに見ているようだ。

「あ、リックさんとライニールさんもいるね。クリアできたんだ」

塔の上部で同行していた二人だ。雰囲気からすると途中で合流したらしい。屋上で魔法をぶちかましていた少女、フレデリカも一緒にいるので、三人で協力してやってきたのだろう。

ライニールは上等そうな鎧を着ていた。星結晶による召喚で手に入れたらしいが、その姿を見た知千佳は不安そうな顔になっていた。どれだけ星結晶を消費してしまったのかと考えてしまったのだろう。

誰も夜霧たちが入ってきたのに気付いていないらしく、一心に円陣の中央を見続けているので、夜霧たちも円陣に加わり、中を見た。

剣聖が上段回し蹴りを繰り出していた。

「だから剣は!?」

蹴り飛ばされているのは黒衣の剣士だった。

森の広場で夜霧たちに文句をつけてきた男だ。

『うむ。我の知り合いの剣術家にも上段回し蹴りを得意とする者がおったな』

「剣を使おうよ？　剣聖だよね？」

『まあ、使うまでもない、ということもあるだろう』

「あの、これ何なんですか？」

知千佳がリックに訊いた。

「壇ノ浦さん！　無事だったんですね」

「ええ、むちゃくちゃ無事でした。それでこれは？」

「黒い彼が剣聖に戦いを挑んだのですよ」

黒い剣士は動かなくなっていた。おそらくは気絶しているだけだろうが、ここからではよくわからない。

「これも試練なんですか？」

「勝てれば聖王の騎士どころか、一足飛びに剣聖になれるということですので、試練といえばそうなんですが、この結果を見れば続く者はいないでしょうね」

「さて。お前らはどうする？」

剣聖があたりをぐるりと見回して言う。軽くあしらった程度ということか、まるで疲れは見せていない。

続けて戦いを挑もうとする者はあらわれなかった。

「さて。余興は終わりだな。十五時になった。十七人が合格ということか」

やってきた夜霧たちを見て剣聖は言った。

夜霧はあたりにいる人間を数えた。倒れている黒衣の剣士も数には入っているらしい。

「これでお前たちは聖王の騎士だ。その義務と権利についての説明は人形どもにさせよう」

すると、外壁にある一室から魔導人形たちがあらわれた。

説明にやってきたのかと思えば、様子がおかしい。魔導人形たちは血相を変えて、こちらに駆けてきているのだ。

剣聖が訝《いぶか》しげにしていると、黒いドレスを着た魔導人形たちが慌てた様子で報告する。

「剣聖様！　塔が沈黙しました！　状況が把握できません！」

「剣聖様！　目視確認によれば、結界に異常が発生しています！　第一結界の維持が困難です！」

「剣聖様！　第二結界の外周部にゆらぎが生じています！　それにより、眷属の境界突破予測時間に変動が――」

そこで、轟音とともに塔が揺れた。

それは立っているのが難しいほどの振動で、夜霧は思わずしゃがみ込んだ。

「な、何!?」

知千佳も唐突な揺れに慌てているが、バランスはうまくとっているようだ。

急に周囲が明るくなったので、夜霧は天井を見上げた。

太陽と青空が見えている。

塔の上部が綺麗さっぱりとなくなっていた。

「ふむ。塔を消し飛ばせば結界が消えるかと思ったのだが、そう単純なものでもないのか」

朗々と響く、周囲を威圧するような声だった。

その声がどこから発せられているのか。その場にいた全員が、すぐに理解した。それの発する圧倒的な瘴気を無視することなど、できるはずもないからだ。

それは空から、塔の中にいる者たちを睥睨《へいげい》していた。

それは、黒く、美しく、禍々しかった。

六対の翼を持つ、人の姿をした何かだった。

「三日後って聞いてたんだがな。まあいい。お前ら、聖王の騎士としての初仕事だ。あれを倒すぞ。倒せなきゃ、人類は終わりだ」

剣聖が不敵に笑う。

「よし。今のうちに地下への道を探そう」

夜霧はそう決断した。今なら剣聖も半魔に関わっている場合ではないだろう。

「ちょっと待って!?　あれほっといていいの！　むっちゃラスボス感出してるんだけど！」

「関係ないと思うけど。あれを下手に倒すと、剣聖の興味がこっちに向くかもしれないし、だったら戦ってもらっといた方が都合がいい」

「えー!?」

知千佳は納得がいかないようだったが、夜霧は無視してあたりを見回した。

円形のホールだ。目立つのは巨大なエレベーターの入り口だが、外壁にもいくつか扉がある。そのうちのどれかは地下につながっているのだろう。

「私も賛成だ。あんなものに関わっている場合ではない」

テオディジアが頷く。
夜霧たちは、手近な扉へと駆けだした。

18話　空間を殺すとどうなるのかわからない

その塔は、唐突にあらわれた。

少し前に、一瞬だけ垣間見ることのできた建物だ。それは幻などではなく、十分な存在感をもって屹立《きつりつ》していた。

「こんなものが見えなくなっていたとはとんでもないでござるな……」

アオイと花川は高台の上にいた。

塔が見えた方、全身に刃を備えたバケモノが飛んでいったと思しき方へと進んでいる途中だ。

突然あらわれた塔はとてつもなく高く、他に人工物のない峡谷にあって一際目立っている。アオイは、五百メートルほどはあるだろうと推察した。

「結界の類が張ってあったみたいだね。これほど巨大なものを覆い隠していたんだからたいしたものだよ。まあ、このあたりは剣聖の支配下だから、ボクたちはあまり近づくことはなかったんだけど」

「剣聖ってあれでござろう？　勇者とか育成してるという」

「ま、勇者ってのは剣聖のなり損ないらしいけどね。聞いた噂だと、人を集めて聖王の騎士ってのを選抜してるらしい。その中でも特に優秀なのを弟子にして、剣聖候補にするんだけど、見込みのない奴は修行を打ち切られて勇者になるそうだよ。ま、賢者も似たようなことをやってるんだけど」

「あ、そういえば、その、拙者も賢者になれと言われておった気がするのですが」

「誰に？」

「シオンという方なんですすが」

「ああ、ご愁傷様」

花川のことをただの不摂生なデブだとばかり思っていたアオイだったが、急激に憐憫《れんびん》の情がわいてきた。

「ちょっと待ってくださらぬか！　なんか今、羽をもがれて地面でもがいている虫けらを見るような目で見られたのですが！」

「シオンは零か百かみたいな方針でやってるからね。育成とかする気ないんだよ。ちゃんと育てれば成長するかもしれないのに、無茶苦茶に追い詰めて生き残ったら万歳！　みたいなやり口なんだ。だから、君もそのうちひどい目に遭うと思うよ」

「今でも充分にひどい目に遭ってると思うのですが！　あ、その、こんなところまでついてきた拙者を助けてくださったりとか？　ほら、ずっと一緒にいるわけですから、愛着がわいてくるとか、なんかかわいく思えてきたりとかしないでござるか？　ストックホルム症候群的な！」

そう言われてアオイは花川をじっくりと見てみた。無理だった。

「すまないね。賢者候補の処遇については不干渉ってことになってるから」

「だったら帰してくださらぬか！　賢者目指して努力いたしますから！」

「大丈夫だって。ボクと一緒にいてもいい修行になると思うから」

「どっちにしても死ぬ予感しかしないのでござるが！　というか今まさに棺桶に片足つっこもうとしてるでござるよ？　あのバケモノを追いかけてるってなんなんでござるか！」

「何か起こりそうな方へ向かってるだけさ。けど、あれとまともに戦う気はボクにもないよ。ターゲットは高遠夜霧なんだから、あれは回避すればいいだけだろう」

「いや、あのですね。高遠が狙いでしたら、前から言っているように、拙者は必要ないでござろう！」

「そうか。そのあたりの説明ってしてなかったっけ。そうだな、たとえば織田信長《おだのぶなが》だ」

「はい？」

「知らない？　織田信長？」

「ほほう？　拙者が第六天魔王《だいろくてんまおう》のことを知らぬとでも？　馬鹿にしないでいただきたい！」

「彼みたいなさ、運命値の高い存在って、なかなか殺せないんだよ。杉谷善住坊《すぎたにぜんじゅぼう》に撃たれたって死なないし、足軽に混じって前線で戦ったって死なないし、桶狭間《おけはざま》で無謀な突撃をしたって死なないんだ。敵からすりゃもうまさにチートって奴さ。けど、そんな彼を殺す方法がある」

「それは、本能寺《ほんのうじ》の変ということでござるか？」

「そう。運命に守られている存在を殺すには、運命を利用するしかない。ただ闇雲に殺そうとしたって駄目なんだ。ドラマチックな、ここで死んだら盛り上がるって状況を作り上げるんだよ。運命はより面白そうな状況を好む。死んだ方が面白いって状況を作りあげるんだ」

「えーと、その、拙者を連れていく理由の話だったでござるよね？」

「そうだよ？　級友との再会とかドラマチックだろう？」

「ですけど、アオイさんの力で高遠の能力を封じれば楽勝！　みたいな話なのでは？」

「まだ高遠夜霧の情報があまりないし、ボクは自分の能力を過信してはいない。結局、勝敗なんてのは運命の筋書きなんだよ。その筋書きを運命が好む形で、ボクに都合のいいように誘導する。ま、何かの役に立てばって程度のことで――」

それほど花川に期待しているわけではない。アオイはそんなことを言おうとしていたが、そのセリフは突如発生した轟音にかき消された。

「……その、塔が見えなくなったんでござるが、また結界で封じられたとかそんなことなんですかね？」

そんなことは思っていないだろうに、花川が恐る恐る訊いてくる。

「どう見てもあれは物理的に消し飛んだって感じだね」

塔は綺麗さっぱりとなくなっていた。

塔だけではない。峡谷や周囲の森もまるごと消え去っていた。

そして、それをやってのけたであろう存在が宙に浮いていた。

上空から地上へ。それは何かを放ち、その軌道の一直線上を消滅させたのだろう。

「むちゃくちゃすぎるでござるよ！　地形が変わるレベルなんですが！」

花川が甲高い声で絶叫する。

「困ったな。もし塔に高遠夜霧がいたとしたら、生死確認ができない」

始末を請け負う者としては、ターゲットがどこかで勝手に死んでいるというのは迷惑きわまりない話だった。

「ま、この程度で死ぬようなら、ボクが来る必要もないよね」

アオイは逃げようとする花川を引きずりながら、塔があったはずの場所へと向かいはじめた。

＊＊＊＊

「え？　あれ!?」

夜霧と知千佳ともう一人の女が一目散に駆けだしていくのを見て、ライニールは戸惑った。

自分も逃げ出したほうがいいのか、それとも踏みとどまって戦った方がいいのか。

「ライニールさん！　壇ノ浦さんたちを気にしている場合じゃないですよ！」

リックが叫び、ライニールは我に返った。

そして逃げるだけ無駄だと気付く。相手は百階建ての塔のほとんどを一瞬で消し飛ばすようなバケモノなのだ。逃げる場所などどこにもない。

それに、宙に浮いているのは魔神の眷属のはずだ。ここでどうにかして食い止めなければ、結界は破られ、魔神は復活し、人類は絶滅してしまう。

「臆病者などいるだけ無駄ね！　結界から出てきたっていうなら丁度いいわ！　今度こそ私の攻撃をお見舞いしてやるんだから！」

フレデリカは、杖を振り上げて自信満々だった。

彼女は全ての能力が常人からかけ離れているが、特に魔力に秀でていて、その魔力値は常人の一万倍を超えている。

知る限りにおいて最強の存在で、だからライニールは、少々情けなく思いつつも彼女の背に隠れるように移動した。

「あの、魔神じゃないですよ。その眷属ですよ？」

「それぐらいわかってるわ！　手下ごとき軽く始末してあげる！」

「ライニールさんは、石を使えるように準備しておいてください」

リックが剣を抜く。

聖王の騎士となったばかりの者たちが、迎撃態勢を取った。

宙に浮いていた魔神の眷属が、ゆっくりと剣聖の前に着地する。

その姿はほとんど人と変わらない。違いといえば背に黒い翼が三対生えていることぐらいだろう。

だが、それの放つ圧倒的なまでの瘴気が、それを人などとは思わせない。それは人を超越した、次元の違う存在だった。

「結界はどうすれば解ける？　教えれば殺しはしない」

心の弱い者が聞けばひれ伏してしまいそうな声だった。事実、その声には魔力が込められていて、ライニールが身に着けている指輪の一つが精神支配に抵抗して砕け散った。

「ずいぶんとお優しいじゃねぇか。いきなり塔をぶっ壊したくせによ」

「塔を壊したのはそれで結界が解ける可能性が高いと判断したからだ。だが、それで解けなかったのだから他の手段を模索する必要がある」

さすがは剣聖ということなのか。眷属の問いかけに臆せずに答えていた。

眷属は剣聖の返答を否と判断したのだろう。周囲にいる、聖王の騎士の一人を指差した。

指の先端が一瞬輝く。糸のように細い、黒い雷光が騎士の額に穴を開けた。即死だった。

「今さら焦りはしない。一人ずつ殺していくから、教える気になったら言ってくれ」

「舐めてんじゃねぇ！」

男が一人、剣聖と眷属の間に飛び出した。

男は六人に分身し、それぞれが同じタイミングで眷属に斬りかかる。

六方向からの同時攻撃。躱すことなど不可能な必殺の斬撃だが、眷属は躱そうともしなかった。

眷属は鬱陶しそうに腕を振るったのだ。

いくつかの刃は眷属に届いた。だが、それらは痛痒《つうよう》すら与えることができず、上下に分かたれた六つの死体が生まれただけのことだった。

「あれ、残像みたいなものかと思ったら、実体があるんですね」

「へえ。そんな軽口を叩けるなんてずいぶん余裕じゃない」

フレデリカが感心したように、ライニールに話しかけた。

剣聖はといえば、先ほどまで立っていた位置から飛びすさり、眷属から距離をとっていた。機を見計らっているということか、まだ剣を抜いてもいない。

「結界さえなければこっちのものよ！」

フレデリカが杖を掲げ、その先端に光が灯る。それは輝きを増しながら、少しずつ浮いていき、巨大な光球を作り上げていった。

「あ、あの、そんなのんびりでいいんですか!?　そ、それにでかすぎると思うんですが！」

それは、塔の屋上で作り上げたものよりもさらに大きくなっていた。太陽のごときそれは、壊れた塔の外へと飛び上がっていき、塔の内部に収まる大きさをはるかに超えていく。

「全力全開！　出し惜しみなし！」

「いや、その、これでは全員巻き込んで――」

だが、ライニールの心配は無用のものだった。空を覆うほどの光球が途端に小さくなったのだ。

光球の周囲は朧気にゆらめいていた。

膨大な魔力をはらむ光球を限界まで圧縮したのだろう。だがそれが着弾した時にいったいどのような現象が巻き起こるのか。ただではすまない予感にライニールの体は小刻みに震えはじめた。

幸い、眷属はフレデリカに注目してはいない。近くにいる者から、ゆっくり一人ずつ殺しているだけだ。

「くらえ！」

フレデリカが杖を振り下ろし、眷属を指し示す。拳大にまで圧縮された光球が、凄まじい速度で眷属に襲いかかった。

眷属は光球を見もせずに、無造作に手を振るった。光球を摑み取り、そして何事も起こらなかった。

「は!?」

フレデリカが固まった。認識が現実に追いついていないのだろう。今度こそ本当に、全力を出し切った最高の一撃のはずで、それをあっさりと握り潰されるなど考えもしていなかったはずだ。

「人間にしては威力あったと思うよー。当たれば火傷《やけど》ぐらいはしてくれんじゃないかなー」

その声はフレデリカの前にいる小さな少年が発したものだった。いつの間にあらわれたのか、頭の後ろで手を組んで、にやにやとフレデリカを見つめている。

「まあ、次元障壁を越えられないんじゃ、何をやっても無駄なんだけどさ」

「この！」

フレデリカが反射的に杖で殴りかかった。

少年はそれを左手で受け止めた。ライニールには信じられなかった。フレデリカは膂力《りょりょく》も尋常ではないからだ。だが、ドラゴンの頭部を粉砕したことすらあるその一撃は、少年の細腕にあっさりと止められてしまっていた。

「うーん。残念だけど、お姉ちゃんは僕らと戦えるステージに立ってないよ。今、何をされてるのかもわかってないでしょ？」

「何が！」

フレデリカが杖を取られまいと、引き戻す。

フレデリカは勢い余って尻餅をついた。だが、杖は少年の手にあるまま、フレデリカの手も杖を摑んだままだ。

フレデリカの右腕は、肘で分断されていた。

「女の子だから甘い物好きでしょ？　だからお菓子にするのがいいかなって思ったんだけど、どうかな？」

「や、やだ！　何これ！」

フレデリカの右腕は茶色く変色していた。固くざらついたそれは、焼き菓子そのものだ。

少年が杖を摑んでいたフレデリカの右手を囓《かじ》り、ぽろぽろと欠片《かけら》が零《こぼ》れおちる。それを見たフレデリカは戦意を喪失し、代わりにリックが少年に斬りかかった。少年はそれを大げさに飛び退いてかわした。

「うん。お兄ちゃんの方がまだ戦えるね。その剣と鎧はいいものだ。どこで手に入れたのかは知らないけど、僕らに届きうるものだよ」

「ライニールさん！　フレデリカさんを頼みます！」

「え、あ、はい！」

次々に巻き起こる惨状に呆然となっていたライニールだったが、リックに呼びかけられて我に返った。

「剣聖様！　ユニーク個体がもう一体あらわれました！」

遅れてあらわれた魔導人形が今さらな報告をした。

「ユニーク個体って呼び方やめてよね。僕らにも名前はあるんだ。僕はリュート。そっちの羽の人はオルゲイン。ま、短い付き合いかもしれないけどよろしくね」

リュートと名乗った少年が恭《うや》しく挨拶をする。

「まずいな。二匹出てくるケースはこれまでになかった」

剣聖の顔に焦りが見られた。

これまでにも固有名を持つような、強力な眷属が結界から出現することはあった。だが、複数が同時にあらわれたことは、かつてなかったのだ。

「ライニール！　どうしよう、どうしよう、どうしよう！　治んないよ！　お菓子になっちゃったよ！」

フレデリカが錯乱していた。彼女はこの世界に生まれ落ちて以来、傷付いたことなどなかったのだ。

生まれて初めての負傷が、右腕が焼き菓子と化して崩れ落ちるという異常事態。冷静でなどいられるわけがなかった。

彼女は回復魔法も得意としており、必死に治そうとはしているようだが、効果はまるで発揮されていなかった。

翼を持つ眷属、オルゲインは嬲《なぶ》るように、ゆっくりと一人ずつその場にいる者を傷つけていた。殺すのは最後にして、恐怖を刻みつけることにしたらしい。

少年の姿の眷属、リュートはリックの攻撃をあざ笑うようにかわしていた。

この状況での頼みの綱である剣聖は、何もしていなかった。腰を落とし、剣の柄に手をかけてはいるので、何かを仕掛けようとしているのかもしれないが、現状では役に立っているようには思えない。

ライニールは、ただその惨状を見ていることしかできなかった。

ライニールは、無力だったからだ。

もともとたいした実力もない。ここまでやってこられたのは、フレデリカのおかげなのだ。もう星結晶もほとんど残っておらず、ろくなものを呼ぶことはできないだろう。死に戻ってやり直しても、魔神の眷属が相手となると、さほどの意味があるとも思えない。

もうどうしようもないのだ。

力なく笑うライニールだったが、その時、視界の片隅で明滅しているものに気が付いた。

女神からのメッセージだ。

藁《わら》にもすがる思いで確認する。

・【お知らせ】再びのＵＲ《ウルトラレア》限定ガチャ開催決定！

ライニールはそれに賭けることにした。

＊＊＊＊

一方そのころ。

夜霧たちは地下への階段を下りていた。

最初に入った小部屋にその階段があったので、探し回る必要はなかったのだが、新たな問題が発生していた。

その階段は果てしなく地下へと続いているように見えたのだ。

それは異常な光景だった。この塔は崖際に存在している。階段が見たままの状態なら、方向的に崖を突き抜けて外へと飛び出しているはずなのだ。

だが、ありえない状況だからとぼうっとしているわけにもいかない。

三人は階段を下りた。だが、どこまで下りても果てが見える気配すらしない。そして、階段を上れば、すぐに元の小部屋に辿り着くのだった。

「ここにも結界があるのかな」

とりあえず再び階段を下りながら夜霧は言った。

『ふむ。時に干渉する結界があるのなら、空間に干渉する結界もあるのやもしれぬな。地下までの距離を限りなく引き延ばすようなやり口か』

「この先にあるのが、結界を制御している場所だとするなら、そこを守るのも当たり前か」

塔で試練を行っているのだ。重要施設によそ者が簡単に入れるようになっているわけもなかった。

「仲間の人はこの先にいる感じがする?」

「間違いないな。より強く感じるようになった」

『ふむ。その気配のようなものは、結界に遮《さえぎ》られずに届いておるわけか。どういうことだろうな』

「おそらくだが、この結界を作り出しているのは同胞だろう」

『なるほどの。塔が魂を吸収して結界を維持しておるのかと思っておったが、それはそれとして独立したエネルギー源として半魔を利用し、部分的に結界を展開しておるわけか』

「仕組みやら考えるのはいいけどさ。どうするの？　これ？」

話にあまりついてこられていないのか、知千佳がつまらなさそうに言う。

「ここが本命だろうし、どうにかして下りるしかないけど、どうしたもんかな」

「あ、だったらさ。高遠くんが殺すってのは？　この結界だかなんだかをさ」

そう言われてできそうかを夜霧は考えてみた。

「これは難しいな。この場合何を殺すんだよ？」

「……空間？」

「空間を殺すとか意味がわかんないよ」

「氷を殺したり、扉を殺したりも、十分意味がわかんないけどね！」

「たとえば、この結界が俺を閉じ込めようとしてるってことなら、結界自体を脅威と認識して殺すことは可能だよ。けどこれは先に進めないだけだし、先に行かなきゃ死ぬって切羽詰まった状況でもない」

殺すには、夜霧が対象を認識する必要があるが、空間というのは曖昧すぎるのだ。認識できなくとも死の脅威に対してなら能力を発動できるが、今回はそうではない。

「空間を殺すとどうなるのかわからないから、よっぽどのことじゃない限りやめといた方がいい気がするな」

最悪の場合、世界が崩壊する可能性すらある。禁じ手の一つだろう。

「もこもこさんを助けた方法は？　ほら、塔が魂を吸収するのを止めたよね。あんな感じで壊せないの？」

「うーん、この場合、この結界の元ってのがテオディジアさんの仲間かもしれないいんだろ？　結界の源を壊したら、助けるはずの人が死んでました、じゃ、まったく意味がないし」

『我だけなら行けるかもしれんな。実体があるわけではないしの』

「そういや、幽霊ってのも意味よくわかんないよね……」

もこもこは、夜霧たちと一緒に行動しているとその空間認識にひきずられるとのことだった。

『気配は届くということらしいしな。なので、我が先行して様子を確かめてこよう。結界の発生元を特定できたならテオディジアまでのパスを作り、小僧はそのパスを伝って結界を止められそうな場所を殺せばよいだろう』

「いや、もうなんだかわかんないから、もこもこさん、うまくやってみてよ」

『うむ。では……おや？』

もこもこが首をかしげた。

「どうかしたの？」

『なにやら、揺れたような気が』

「何も感じないけど？」

『なんというのか、心で感じ取るような揺れなのだが』

「そんなこと言われても――」


ルォオオオォォオゥ！


耳をつんざくような咆哮が聞こえる。そして、空間がずれた。夜霧は、その現象をそのように捉えた。

階段のある空間に垂直に線が走り、その左右で上下に少し動く。

それは一瞬のことで、すぐに元へと戻ったのだが、その現象は階段に変化をもたらしていた。

真っ直ぐだった階段が、緩やかに湾曲し先が見えなくなったのだ。それがこの階段本来の姿で、ここは塔の内周にそって作られた大きな螺旋階段なのだろう。

『む？　結界が解けたのか？　どういうことだ？』

「ま、何かする手間が省けたし、下りたらいいと思うけど」

夜霧が、引き続き階段を下りようとしたところで、下から突風が吹いた。

途端に、知千佳が夜霧の腕にしがみついた。

「どうしたの？」

知千佳は震えていた。

「なんか……黒いのが通り抜けていったんだけど……全身から刃の生えたバケモノみたいな……」

知千佳にはそれが見えたのだ。ただ、それは夜霧たちのことなどどうでもよかったのだろう。

夜霧は振り返った。

それが通り抜けた痕跡はどこにもない。だがそれは、まっしぐらに地上を目指しているようだった。

19話　あなたの運勢は最悪中の最悪だったってことよね！

星結晶による、仲間の召喚。

ライニールはこれまでに何度も行ってきたが、出てくるのはほとんどがリスやネズミといった小動物だった。

よくて犬や狼。たまに人が出てくることもあったが、何の特技もないただの村人だったりするので、戦闘の役にたったことがなかった。

そんなライニールが、この土壇場で召喚を行うというのは博打もいいところだろう。

それは、UR《ウルトラレア》限定と言われたところで変わりはない。

なぜなら、前回のUR《ウルトラレア》限定で召喚できたのは、ただ見た目が美しいだけで何の力も持っていない女神の写し身でしかなかったからだ。

今回も同じことになる可能性は十分にある。

だがライニールは、必要星結晶の数に一縷《いちる》の希望を見出していた。

前回は五個だったが、今回は十個だったのだ。

数が多いのだから効果はより大きいはずだ。そうでなければ数の違いに意味が見出せない。

今度こそUR《ウルトラレア》の実力を持った真の戦士が登場して、このどうしようもない状況を打破してくれる。

その可能性があるのなら、手持ちの十個を全て使い切るだけの価値があるのかもしれなかった。

だが、こうも考えてしまう。少しでも生き延びたいのならば、星結晶は温存すべきだと。星結晶は復活に使用するのが一番効率がいいのだ。どんな大怪我でも消費一つで治せるうえに、運に左右されない。運の悪すぎるライニールにとってそのメリットは大きかった。

ライニールはうずくまるフレデリカの様子を見た。変質しているのは右の肩口からだ。すぐに離れたためだろう。幸い命に別状はないようだったが、動ける状態ではない。ここに留まり続けていては、いずれ殺されてしまうだろう。

——迷ってる場合じゃない！

ライニールはポシェットから星結晶を取り出し、両手で摑んだ。

そして祈る。

最強の存在を思い描き、その召喚を強く願う。

すぐに星結晶は消えてなくなり、目前の空間がまばゆいばかりに輝きはじめた。

そして、キラキラと輝く星の様なものが舞い散りはじめる。

嫌な予感がした。

前回もこんな感じだったと思い出したのだ。しかし、UR《ウルトラレア》は全てこんな風に登場するのかもしれないとライニールは自分に言い聞かせた。

光が収まり、何者かの姿があらわれる。

ライニールは呆然とした。

あらわれたのは女だった。

豪華な衣装と派手な装飾に身を包みながらも、豊満な肉体を惜しみなく見せつけている。

その右手には長大で美しい宝剣が、左手には用途はわからないが神威のこもった宝輪が握りしめられていた。武具はそれだけではなく、斧、槍、矛、刀、盾などが女を守るように浮いている。

周囲には花が舞い、星が輝き、爽やかな風が吹き渡っていた。どこからともなく祝福の調べが鳴り響き、歓喜の声すら聞こえている。

まさにUR《ウルトラレア》に相応しい偉容と言えるだろう。

だが、ライニールは絶望を隠せなかった。なぜなら、その女は彼をこの世界に送り込んだ女神だったからだ。つまり、前回と同じ結果に終わったのだ。

「ちょ、ちょっと!　なんでそんな、もうおしまいだ!　みたいな顔になってんのよ!」

ライニールはよほど絶望に満ちた顔をしていたのだろう。女神が慌てて文句を言ってきた。

「でも、どうせ演出に力を割いちゃってます、とかそんなことなんでしょ!」

「ああ、今回はその点は大丈夫。ちゃんと本体でやってきてますから」

「え、では、その」

「今の私は全ての権能を使うことができる！　魔神の眷属ぅ？　そんなもの私から見れば格下も格下。雑魚以外の何物でもないってわけよ！」

「おぉ！　で、では！」

「ええ。まあ見ていなさいな。全てが片付いちゃうその瞬間を！」

ライニールは安堵した。今度は大丈夫らしい。なにせ女神なのだ。相手がいくら強かろうが、所詮は神の下僕に過ぎない。神の威光の前にはひれ伏すしかないのが当然というものだろう。

女神が悠々と歩きだし、眷属どものもとへと向かう。

眷属どもも格の違う存在があらわれたと気付いたのか、戦いの手を止めて女神を見つめていた。

「ライニールさん、これは！」

小休止ということか、リックがやってきて訊く。

「やりましたよ！　女神様です！　女神様の召喚に成功したんです！　もう安心ですよ！」

「どちらの女神様かは存じませんが、確かに凄まじいまでの神威ですね。これならもしかすれば」

リックの肩に入っていた力が抜けるのがわかった。彼にも、女神の威光は十分に伝わったのだろう。

「ええ。フレデリカさんの怪我も治していただけるかも！」

もう全てが解決したも同然だとばかりにライニールは微笑んだ。

女神が、翼の生えた眷属、オルゲインの前に立つ。

すると、オルゲインは女神の前に膝をつき、頭《こうべ》を垂れた。

「おお！　なんですか！　戦わずに決着なんですか！」

ライニールは感激していた。ここまで物事がうまく進んだことなどかつてなかったからだ。土壇場の、人類の絶滅が天秤にかかったようなこの舞台で当たりを引くことができるというのなら、そこまで運勢が悪くはないのではないかと、そう錯覚してしまうほどだ。

だが、やはり彼の運勢は最悪だったのだ。

「ヴァハナト様。こんなところにまでおいでくださるとは」

「ん？」

どうにも様子がおかしかった。魔神の眷属が、正義の女神を相手に取る態度だとは思えなかったのだ。

最初こそは格上の存在を恐れ、許しを請うているのかと思った。

だが、どうにもそれは、自らの主《あるじ》か、それに近い存在を喜びとともに迎えているようにしか見えなかったのだ。

「おー！　ヴァハナト先生じゃないっすかー！　どうしたんですかー。結界ならもう時間の問題だと思うんですけどー」

少年の眷属、リュートが子犬のようにはしゃぎながら、ライニールもその名を知らなかった女神、ヴァハナトに飛びついた。

「え？　あの？　これって？」

「まあ、あれよ。私に目をつけられたって時点で、あなたの運勢は最悪中の最悪だったってことよね！」

「あ、その、全てが片付くって、今……」

「人類絶滅しちゃうし、それは片付いたって言っていいんじゃないの？」

ヴァハナトはあっけらかんとそう言い、ライニールは絶望の底に叩き落とされた。

役立たずを呼び出しただけならまだましだ。

ライニールのしたことは、さらなる災厄を呼び寄せただけだった。

＊＊＊＊

階段を下りきり、地下の部屋に入る。

ひどいありさまだった。

石造りの部屋なのだが、壁や床、天井にいたるまでが切り刻まれているのだ。

知千佳が見たという何者かの仕業なのだろう。その跡は深く、どこまでも斬り裂かれているようだった。

だが、元々何もない部屋だったのか、特に何があるわけでもない。目立つのは一面が大きく開口していることぐらいだろう。

「まだ先があるな」

開口部からは峡谷が見えているので、窓のようなものだろう。魔神を封印している結界の中心部を確認できるようになっているらしいが、そちらに行っても意味がない。

向かうべきは入り口の向かい側にある扉だった。

扉は閉ざされていたが、夜霧はそれを簡単に開いた。この扉にも強力な封印の類があったのかもしれないが、どれほど強固なものだろうと目の前にあるなら殺すのは造作もないことだ。

夜霧が先行して中に入る。中は暗かった。こちらの部屋には窓がないのだろう。

「任せてくれ。灯《あか》りをともす程度の魔法なら使える」

テオディジアが呪文らしきものを唱えると掌から光球が舞い上がった。

「魔法が苦手って言ってたけど、それだけでも凄いですよね」

知千佳が感心した声をあげた。

拳大ほどの光球は、天上近くまで浮かびあがり、そこで停止する。

テオディジアが部屋に入ると、光球も付いてきた。どうやら、テオディジアの頭上について移動し、あたりを照らすものらしい。

中にはガラス製の、巨大な円筒が立ち並んでいた。それらも無惨な有様となっていた。隣の部屋同様に、あらゆる部分が切り刻まれているのだ。

「壇ノ浦さんはそこで待ってて」

夜霧は、部屋に入ってこようとした知千佳を押しとどめた。

「え?」

「見ない方がいい」

ただ切り刻まれただけの死体なら、止めはしなかった。

『うむ。素直に聞いておくがいい』

もこもこも口添えする。知千佳は部屋の外に待機することになった。

「……仲間の人がいるかわかる?」

「……おそらくは、これだ……」

テオディジアが円筒の一つを指差した。

円筒は割れているが、残された下部には液体が溜まっていた。中に人が浮いていた。銀の髪に褐色の肌なので半魔なのだろう。だが、それらは人の形をしていなかった。

部屋の中にある円筒は、全て同じような状態だった。

「こんな状態の同胞を見て安堵している自分がひどく浅ましく思える」

全ての円筒を確認したテオディジアが自嘲するように言った。

「妹さんはいなかった？」

身体的な特徴は残っているので、判別は可能なはずだった。

「ああ。だがどうするか。高遠殿のお力で楽にしてやることはできるか？」

何人かはバケモノの攻撃を食らって死んでいるが、生きて蠢《うごめ》いている者もそれなりにいた。

「やめといた方がいいと思う。魂の安息みたいなのを信じてるなら」

「そうだな。同胞のことを他人に任せるのもおかしな話か」

テオディジアが剣を抜く。

夜霧は部屋を先に出た。

少し遅れて、テオディジアが出てきた。

「その、これからどうするの？」

中のことはなんとなく察したのだろう。知千佳は神妙な様子だった。

「まずは上に戻って、後は状況次第かな」

「そう！　ラスボスみたいなの！　あ、でも剣聖が倒しちゃったのかな？」

「剣聖はどうする？」

夜霧は、少々むかついていた。

何の事情があるのかはわからない。世界を守るために必要なことだったのかもしれない。

だが、どんな理由があろうと、人の尊厳をあそこまで踏みにじっていいとは思えなかったのだ。

「怨《うら》みは必ず晴らせと教えられた。だが、これも人に任せる類のものではない。剣聖を殺すなら自分の手でだが、今の私では届かない」

「わかった」

今の心境なら、手伝ってくれと言われれば、応じたかもしれない。

だが、むかつく程度のことで殺していては際限がなくなってしまう。一度たがが外れてしまえば、元に戻ることは難しいだろう。

——ま、剣聖が俺を殺そうとしてくれたら、後腐れはないんだけど。

そんなことを少しだけ夜霧は考えた。

＊＊＊＊

女神の登場で戦況は一旦は落ち着いてしまっていた。

もちろん、何が相手だろうと猪突猛進しようとする直情径行《ちょくじょうけいこう》の者もいたのだが、それも女神の神威の前にあっさりとひれ伏した。

「跪きなさい」

それはただの言葉でしかない。だが、神威の込められた、女神による言葉だ。

抵抗できたのは、剣聖とリックとライニールだけだった。

つまり、もう戦えるのはこの三人だけとなってしまっていて、闇雲に戦いを挑んでいる場合ではなくなっていた。

幸い、女神たちは旧交をあたためているのか、剣聖たちに注意は向けていなかった。

とんでもないことをやらかしてしまったと、ライニールは呆然としていたが、そこに剣聖がやってきた。

「あ、あの……僕……」

「お前のせいだなんて言わねえよ。お前に何ができるとも思っちゃいねえ」

どう言い訳をしていいのか。だが、剣聖はもうそんなことにこだわってはいなかった。

「状況は最悪だ。だが、まだできることはあろうさ。とりあえずお前に、剣聖の資格を与えておいてやる」

「わ、私にですか!?」

リックが素《す》っ頓狂《とんきょう》な声を上げていた。余程驚いたのだろう。

「この状況で動けて、まだましなのがお前ぐらいしかいねーからだよ。念のために言っておくが、剣聖は世に一人きりだ。つまり、俺が死んだら、自動的にお前が次代の剣聖となる。剣聖ってのはただの称号じゃねえんだが、まあ、そのあたりはなればわかる。もっとも俺もそう簡単に死ぬつもりはないがな」

「どうするんですか？」

「あいつらがだらだらやってるってのなら都合がいい。俺は今、塔に蓄えられている力を吸収している。ある程度溜めれば神にすら通用するだろう。なにせ、魔神を一時とはいえ止めた手段だ」

「どうにかして時間を稼げということですね。まあやるしかないようですが」

リックは覚悟を決めたようだ。

そして、ライニールは自分が何も期待されていないのだと気付いた。

確かに、自分には何もできはしない。だが、状況を悪化させたのは自分なのだ。ただ手をこまねいているわけにもいかなかった。

――自殺すれば……。

ライニールの能力、千鳥足の漂流者《ランダムウォーク》でやりなおすことができる。だが、生き返るのは、塔の上部で宿泊した地点だ。それに、結局魔神の眷属がやってくるのなら、女神の召喚をしなかったところで、死ぬことには変わりないだろう。

「あ、あの!　女神様!　ちょっとお話をよろしいですか!」

なのでライニールは、今この場でできることを考えた。

女神は、この世界にライニールを送り込んだ張本人だ。知らぬ相手ではない。時間を稼げというのなら、多少でも話ができればと思ったのだ。

「なーに?」

ずいぶんと気さくな様子で、女神ヴァハナトは訊き返してきた。

「そ、その、わけがわからないんですが、いったい何がどうなってるんでしょうか？　あなたは僕が召喚したんですよね？　なんで敵の方と談笑されてるんでしょう？」

「あ、それ聞きたい？　どうしよっかなー。教えちゃおうかなー」

「是非とも教えてください。気になってしかたないですよ！」

「そうだよねー。君からしたら、何がなんだかってことだよね。まあ、君とも結構な付き合いなわけだし、わけわかんないまま死んでいくのも心残りだよね。いいよ。教えてあげる」

結構あっさりと、女神は話にのってきた。

20話　世界の敵って君みたいなのを言うんじゃない？

「そうねー。まずどこから話せばいいのかなー。ま、なんにしろ行方不明のアルバガルマ様を連れて帰るのが最終目的ってことなんだけど」

その名を聞いた瞬間、ライニールの背筋に怖気《おぞけ》が走った。それは忌み恐れられ、誰も口にしなくなった魔神の名なのだろう。

「ダーリンたらさー、ふらっとどっか行っちゃって。けど、いつものことだし、しょーがないなー。なんて思ってたらいつまで経っても帰ってこないしさー」

「その、ご結婚されてるわけですか？」

とにかく話を引き延ばして時間を稼がなくてはならない。

ライニールはそれほど関心がないことを、さも興味があるかのように訊いてみた。

幸い、話をしている間は、魔神の眷属どもも大人しくしているようだ。

「あ、ごめん、ちょっと気安すぎた？」

「いえ。位階こそ違いますが、ヴァハナト様どの仲です。お気にされないかと」

跪いたままのオルゲインが恭しく答えた。

「うーん。押しかけ女房的な？　ま、人間と違って、法律的なことじゃないんだけど、お互いに認め合えば、それでおっけーって感じかな。ま、もうちょっとってところかなー。ダーリン照れ屋さんだからさー」

「なるほど」

ライニールは実に空虚な相づちをうった。

「で、さすがにおかしいと思ってさ。捜したわけ。別の世界に行くらしいとは聞いてたからさ、いろんな世界に使者を送り込んで、ようやくいるのかなーってわかったのがこの世界。で、それからはこの世界を集中的に探索したんだけど、直接干渉できないからまどろっこしくてさー。基本的には送り込んだ奴が死んだ時にもたらされる断片的な情報だけがたよりなわけ。解析も一苦労なのよ」

その苦労を誰かに語りたいという思いがもともとあったのか、ヴァハナトは結構な勢いで語っていた。

「はあ、その、今は干渉されているようですが」

「これは結構回りくどいやり方なのよ。この世界のシステムに、星結晶拡張をアドオンしてさ。君自体はこの世界の人間として、整合性がとれるようにしてあって、私は追加コンテンツ部分の運営管理者みたいな感じで干渉してるの。だから、メッセージのやりとりもできたし、建前上は君が召喚するという形を取ることで、私がここにやってくることもできたの。ま、これもここにダーリンがいるのが確実で、封印が解けるのも確実だからよ。そう何度もこんなことできないって。ここぞって見計らってやってきてるのね。で！　そんなことを繰り返して、この世界に封印されてるらしいとかわかって、剣聖ってのが管理してるらしいってのがわかって、じゃあ、その剣聖っての始末しちゃおうって思ったんだけど、そっからがもう最悪の展開なのよ。何を送り込んでも勝てないわけ」

ヴァハナトが恨めしそうに剣聖を見る。女神の使者がいつから送り込まれているのかはわからないが、千年単位の話だ。さぞや思うところがあるのだろう。

「なんせさぁ。人類の運命を一身に背負っちゃってるから、運命値が馬鹿高いの！　スペックでは圧倒的に上回ってるのになんでか勝てないのよ」

「あの、ちょっといいですか？」

「何？」

「その強い人に、千鳥足《ランダムウォーク》の漂流者を使わせるとかはしなかったんですか？　何度もやり直せばそのうち勝てるんじゃ？」

「ああ、それ無理なの。運命値の高い英雄はさ、死に戻りでやり直すとかできないのよ。だってかっこわるいでしょ、そんなの？　だからあれは、ゴミ雑魚専用の能力なの」

「ゴミ雑魚……」

ライニールはちょっとへこんだ。

「あ、いや馬鹿にしてるわけじゃないのよ？　結局、最悪の運勢のあなたがいたから、うまくいったんだから。結局ね、剣聖打倒のためにいくら強い奴を送り込んでも敵《かな》わないの。だって、それは人類の敵ってことになっちゃうし、剣聖は人類の敵に対して無類の強さを発揮する。だったら、発想を変えて、ほっといたらすぐに死んじゃうぐらい最悪の運勢の存在を、人類の味方として送り込んだらどうなるのか？」

「まさか……」

「そう！　最悪の運勢のあなたが人類側にいれば、人類が滅亡する！　つまり、封印されし魔神が復活するなんて最悪の展開になるんじゃないかってことなのよ！」

「いやいやいや、だって、僕すぐに死んじゃうんでしょ？　そんな計画うまくいきっこない……」

だが思い至る。そのための星結晶と千鳥足《ランダムウォーク》の漂流者なのだと。

「運勢が最悪の君をどうにか生き残らせる。すると運命は必ず君を殺そうとする。どうしても殺せないとなれば、どんどんと状況は悪化していき、最終的には人類絶滅クラスの災害が発生する。と、まあ、こういうわけなのよ。何がどうなって、今、封印が解けそうになってるのかは私も知らないけど、君の運が悪いから、なんかいろいろと不味《まず》いことが連鎖的に重なってこんなことになってるんじゃない？」

「な、なんなんですか、それは……」

ライニールは膝から崩れ落ちた。

もともと運が悪いことは自覚している。だが、人類を巻き添えにして絶滅させるほどに運が悪いなどとは思ってもいなかったのだ。

「だ、だったらここで僕が自殺すれば……」

「別にいいけど、ただ死ぬだけよ？　だって、これは私が欲した未来。ここまではもう確定させちゃったし、念のために君の能力は消しちゃったしね。どうせ死ぬのなら、ダーリンの復活を見てからにすれば？」

「わ、わけがわからないですよ！　死んで元に戻るのは僕視点だとそうですけど、僕以外の人からすれば、ただ死んでるだけにしか見えないはずですよね！」

「まあそこらへんは神だからね。望む結果が得られるまでサイコロ振り続けて、いい感じのところで確定させるってのができるのよ。ま、この辺の感覚は人間に説明するだけ無駄かなって気もするけど」

時間を稼ぐつもりだったが、ライニールは話す気力もなくなってきていた。

特に何をしたわけでもないのに、何もかも自分が悪く、自分が生きているせいで世界が滅ぼうとしているのだ。そして、今さら死んだところで何も変わらないときている。

ライニールが項垂《うなだ》れ、床を見ていると、何かが下り立つような音が聞こえてきた。

ゆっくりと顔を上げて前を見る。

地獄のような光景があらわれつつあった。

見るもおぞましい化け物の軍勢。それらが続々とこちらに向かってやってきているのだ。

「結界はもう、中心部以外は解けてるかな。もうちょっとだと思うけど、さすがに要の部分はそう簡単にはいかないみたい」

少年姿の眷属、リュートが言う。結界から解放された魔神の眷属が、この地に集結しつつあるのだ。

「そうね、ここまで来てただ待ってるってのもなんだから、ちょっと調べてみるわ」

そう言うとヴァハナトは額を押さえて考える素振りを見せる。そんな仕草はまるで人間のようだ。

しばらくそうしていた女神だったが、唐突に吹き出した。

こらえきれないという様子で笑い、涙目でライニールを見つめてくる。

「いやあ、君は本当に運勢が最悪なんだね。笑っちゃうしかないわ。あのね、実は結界の制作者がここに来てるの。そいつがいたら、いつでも結界は元通りってわけなのよ」

それの何がおかしいのか。ライニールにはわからなかった。

「こんなこともあろうかと、運命が呼び寄せたのね。けど、その人は死んじゃってます！　なんかわかんないけど！　あと、女神殺しも来てたわ。結構な凶状持ちね。要注意人物だし、下手したら私でも殺されかねないけど、もちろん死んじゃってます！　スゴイネー君。ここまでやってくれるとは思わなかったわ。世界の敵って君みたいなのを言うんじゃない？」

ライニールは、もう何も言う気になれなかった。

「それで、結界は？」

しびれをきらしてリュートが訊いた。

「ああ。もうズタボロになってて結界の核はむき出しだったたわ」

女神が手にしていた剣を放り投げると、剣は背後に浮いている武具の群れへと合流した。

そして右手を前へ伸ばす。空間が波打って水面の様になり、手はその中に消えた。

何やら探るようにごそごそとしたあとに、手を引き戻す。

あらわれた手には、脈打つ赤紫色の塊が摑まれていた。それからはいくつもの千切れた管が生えていて、どす黒い液体を垂れ流している。

先ほどの話からすれば、それが結界にとって最重要な核なのだろう。

「なんで持ってきたの？　そのままつぶしちゃえばいいじゃない」

「それはほら。いつの間にか結界がなくなってました。だと、これまで守ってきた人たちがかわいそうじゃない。せっかくだから、ダーリンが復活する瞬間を見てもらおうかと思って」

ライニールは、隣にいる剣聖とリックを見た。両者ともに絶望をにじませた表情をしていた。

剣聖は塔の力を吸収すれば対抗できるようなことを言っていた。だが、この魔神の軍勢を前にしても同じことを言えるのか。それにいくら力を溜めようが、もうすでに結界の核は敵の手にある。

つまり、女神が出てきた時点で打つ手はなくなっていたのだ。

「そういや聖王はどうするの？　主様と曲がりなりにも戦いが成立していたわけでしょ。強いんじゃないの？」

「奴は、大量の生贄の力を束ね、全てを振り絞って一瞬だけ主様を抑え込んだのだ。結界が解ければもう力は残っていないだろう」

リュートの質問にオルゲインが答えた。

「けどあの女、見ようによっては千年もの間ダーリンといちゃついてたともとれるわね。何あれ、抱き合ってるように見えない？　ちょっとむかつくから、それなりの報いを受けてもらいましょうか。聖王は生け捕りにしましょう。ああ、あんたらは邪魔だからちょっとそこをあけてね。ほら、あの子たちによく見えないから」

魔神の眷属が女神に従い散開した。

女神が宝輪を持った手を軽く振る。

それだけで、一階に残っていた壁や部屋が消し飛んで更地と化した。その先には、峡谷が、結界が見えている。

女神と人型の眷属が、塔の端へと近づいていった。結界がよく見える位置へと向かっているのだ。

「ほらほら。そんなところでいいわけ？　もうちょっとこっちへ来たら？」

誘われたからというわけでもないが、ライニールたちも自然と前へと歩いていた。このままぼんやりともしていられなかったのだ。

塔の一階から少し見下ろした位置に、それはあった。

球状に抉れた崖の中心部。そこに二つの人影が浮いている。

黒い男が魔神。白い女が聖王なのだろう。両者は抱き合うような形で向かい合い、同じ位置で静止し続けていた。

＊＊＊＊

知千佳たちが階段を上りきるとそこに小部屋はなく、一階は更地になっていた。

「うお！　なんか状況が悪化してる気がするんだけど！」

魔界もかくやという光景だった。

悪鬼としか思えないような化け物どもがそこにはひしめいている。

何がおかしいのか、化け物どもは体を揺すり、ゲラゲラと耳障りな声で笑っていた。

それらが発する瘴気のためなのか、知千佳の目にもあたりが暗く見えるほどだ。

知千佳があたりを見回すと、事の中心地はすぐにわかった。

一人、雰囲気の違う女が、崖際に堂々と立っていたからだ。化け物でもないし、魔神の眷属でもないようだが、その女がこの状況の一端であることは誰にでもわかることだった。

女の周囲には人型の化け物どもが侍《はべ》っている。中には、知千佳がラスボスと評した翼の生えた眷属もいた。それらは化け物の中でも上位の部類なのだろう。

その化け物の一団と向かい合っているのが、剣聖たちだ。

剣聖とリックとライニール。たったの三人であり、他の者たちは殺されたり、重傷を負ったり、跪いたまま動けなくなったりしている。どう考えても敗色濃厚という雰囲気だ。

だが、状況は膠着《こうちゃく》しているようだった。

多種多様な者たちの注目は結界の中心、魔神に向けられていて、その動向を見守っているのだ。

「これ、どうしたもんだろうね……」

知千佳は呆然となっていた。どうしていいやら何も思い付かないのだ。

「世界の終わりといった光景だな。周囲にいる魔物の一体にでも勝てる気がしない」

テオディジアが率直な感想を述べた。

「そういや、壇ノ浦さんが見たっていうバケモノはどうしたんだろう?」

「あ、そういえば。結構前のことだし、ここに来てるはずだけど……」

だが、その姿は見当たらなかった。

「さあ!　今こそ永きにわたる封印が解かれる時!　ダーリン復活の時ですよ!」

あまり威厳のない、だが朗々と響き渡る声で女が宣言する。

手に持っている、気味の悪い塊を頭上に掲げ、そして見せつけるように握り潰した。

どくん。

鼓動のような音がした。

魔神を中心に凍り付いていた空間が、脈打ったのだ。

空間が揺れる。すると、何もなかった空間に罅《ひび》が入った。


ぴしり。


ガラスのように固まっていた空間に微細な罅が入っていく。

罅は瞬く間に広がっていき、すぐに限界を迎えた。強烈な輝きとともに、空間が弾け飛んだのだ。

今ここに、結界は消え去った。

凍り付いていた時は解放されたのだ。

「うふふふっ！　ああ、ダーリン！　会いたかったわ！　待ってて！　今すぐ飛んでいくから！」

女が恍惚とした、歓喜の声を上げる。

結界の中心部から白い女が飛んできて、剣聖の側に下り立った。リックから聞いた話からするに聖王と呼ばれる存在だ。

そして、もう一人。魔神はといえば、落ちていた。

「へ？」

誰の声かはわからない。だがその場にいたほとんどの者は、そうとしか言えなかっただろう。

魔神はまっすぐに、重力に引かれて落ちていく。

ぽちゃん。

そんな音が聞こえた気がした。峡谷を流れる川に落ちたのだ。

「はい？」

誰も彼もが固まっていた。

「なんか、ごめん」

夜霧が申し訳なさそうに謝った。

21話　今くっつく必要あったかな!?

ほとんどの者が呆然となっている中、動きだした者がいた。

まずはテオディジア。

彼女からすれば、結界も魔神も眼中にはなく、ほとんど衝撃を受けていなかったのだ。

千載一遇の好機に彼女は躊躇わなかった。ここぞとばかりに踏み込み、横凪ぎに抜刀する。放たれた衝撃波はあっさりと剣聖の首を刎ねた。

次は、知千佳が見た刃のバケモノだった。

＊＊＊＊＊

「え？」

間抜けな声を上げたのは、女神ヴァハナトだった。

落ちていく魔神アルバガルマを目で追い続け、川に落ちるところをはっきりと目撃したのだ。

ヴァハナトの頭の中が真っ白になった。見たものを信じることができなかった。現実を受け止められなかったのだ。

そして、胸から黒い刃が生えているのを見て我に返った。

「何、これ？」

首だけで振り返る。

全身から刃を生やしたバケモノがそこにいた。肘に生えている刃でヴァハナトの背を貫いているのだ。

女神はさらに混乱した。まったくもって意味がわからない。これはありえないことだった。不変である神の肉体を傷つけるなどできるはずがないのだ。

赤く光る双眸《そうぼう》がヴァハナトを見つめている。そこに何らかの意思を読み取ろうとして、さらにヴァハナトの思考は乱れた。

バケモノが揃えた指先でヴァハナトの側頭部を貫いたのだ。

神はこの程度で死にはしない。だが、受肉した状態だと思考の大半は脳で行われている。もうまともに反撃する方法を考えることはできなかった。

バケモノが頭の中を探っているのがわかる。そして、それの思考が流れ込んできた。

結界のほとんどを壊したのはこのバケモノだった。バケモノは結界の防衛機構に捕らわれていたが、手当たり次第に斬り裂いて脱出してきたのだ。

そして脱出にエネルギーの大部分を費やしたバケモノは、気配を隠蔽しヴァハナトの隙を窺っていた。

『お前じゃない』

伝わってきたのは落胆だった。

何かがライニールを狙っていることはわかっていた。

その理由は定かではなかったがこうなってしまえば嫌でもわかる。このバケモノは神を捜していたのだ。ライニールが移り香のようにわずかに帯びていた、ヴァハナトの気配を追っていたのだろう。

ずるりとバケモノの手がヴァハナトの体から引き抜かれた。もう興味はないということか、止めを刺す気はないらしい。

ヴァハナトは崩れ落ち、バケモノはいずこかへと飛び去っていった。

＊＊＊＊

剣聖の首が転げ落ち、派手な女がバケモノに貫かれ、バケモノが飛び去っていき、そして氷付いたようになっていた場が動きだした。

「主よぉおおおお！」

翼の生えた眷属が、叫びながら崖下に飛び降りたのだ。幾人かの眷属もそれに続いて飛んでいく。

「え、その、何がなんだか」

立て続けに事が起こり知千佳は混乱した。とりあえず、いきなり剣聖を討った女が隣にいるので、そちらを見る。

「今なら殺《や》れると思った」

「怖いな！　この状況でその考え！」

テオディジアは淡々としたものだった。ある意味ちょっと夜霧に似ている気もする思考回路だ。

だが、確かにあの瞬間、剣聖は無防備だった。そのわずかな隙を活かせるとはたいした胆力だと知千佳は思う。

「で、あっちはあっちでどうなってるわけ？」

「あれが、壇ノ浦さんが見たって奴か。確かに怖いね。全身刃物って感じだし」

バケモノが体に生えている刃で、派手な格好の女を貫いていた。背中と頭を貫き、それで気がすんだのか無造作に放り出す。そして、いずこかへと消え去った。

「どうしたもんかな。出ていっていいんだろうか」

夜霧は相変わらずの様子だった。

「こっそり出ていけば……」

この混乱状態だ。気付かれないかもしれない。

そんなことを考えていると、びしょ濡れになった翼の眷属が、魔神を抱えて戻ってきた。

眷属は魔神をそっと横たえる。だが、魔神はぴくりとも動かなかった。

「主様っ！　お目覚めください！　いかがなされたのか！」

眷属が声を荒らげた。

だが、いくら呼びかけようと、激しく揺さぶろうと、魔神がそれに応えることはない。

「はは……ははははっ……そうだ……主様は生贄を欲しておられた……生贄を求める神なのだ……」

眷属がどこか遠くを見つめながら、ぶつぶつと言っている。

「あ、嫌な予感がしてきた」

魔神は生贄に応じて願いを叶える存在だ。リックが語ったことを知千佳は思い出した。

「きっと、長年の封印によりお力を失われているのだ……ならば、捧げよう……全ての人間を捧げようではないか！」

翼の眷属が立ち上がる。

それに呼応するかのように、他の眷属どもがいきりたちはじめた。

それらはどうしていいのかわからなくなっていたのだろう。そこへ、とりあえずの目標が示され、目の前には生贄にするには手頃な人間たちがそろっている。

眷属どもが、その憤りを叩きつけるべく荒ぶりはじめるのは当然のことだった。

眷属どもが蠢きだす。奇怪な声をあげ、その悪意に満ちた視線を、脆弱な人間どもに向けた。

その視線は、ただでは殺さないと言っているかのようだ。

その苦痛を、憎悪を、恐怖を。あますところなく引きずり出し全てを魔神に捧げる。

それらの思考はその一色に塗りつぶされていた。

「数が多いし、危ないな。壇ノ浦さんとテオディジアさん。もうちょっと俺にくっついといて」

「こう？」

知千佳は夜霧の腕に抱きついた。テオディジアも知千佳の真似をしたのか素直に反対側の腕に掴まっている。

眷属どもが動きだす。怒濤《どとう》の勢いで、人間に殺到しようとしている。

今ここに、地獄が顕現《けんげん》しようとしていた。

「死ね」

夜霧が力を放った。

魔神の眷属は次々と倒れていき、たちまち死屍累々といった光景が現れる。今この場で立っているのは、人の姿をしている者だけだった。

「ねえ、今くっつく必要あったかな!?」

「ばらけてるといざって時に危ないだろ。俺への危険は対処しやすいから、一丸になってたほうが都合がいいんだよ」

そうなのだろうか。夜霧の、状況を楽しむスタイルの話を聞いたあとでは疑わしく思えてしかたがない知千佳だった。

「じゃあ、そろそろ塔を出ようか。残ってるとめんどくさいことになりそうだし」

「もう、どこまでが塔かわかんない状態になってるけどね」

様々な問題が山積みになっている気もするが、肝心の魔神とその眷属が全て死んでいるなら、他は些細《ささい》なことだろう。知千佳は自分にそういい聞かせた。

「高遠殿。あの女はほうっておいていいのか？」

テオディジアが派手な格好の女を指差した。

「殺意はなかったし、見た目は人間ぽいし、わざわざ殺すほどでも」

「ならいいのだが」

だが、夜霧がどう思っていようと相手には関係のない話だ。

胸を貫かれ、頭を潰されていた女はいつの間にか立ち上がっていた。傷はもう治ったらしい。

女は、虚ろな目をしていた。どこを見ているのかはわからないが、おそらく正気ではないのだろう。

「あはははははははは」

女が調子外れな声をあげながら手を振るう。

すると、背後に浮いていた武具の群れが輝きはじめ、それらはあらゆる方向へいっせいに光線を放った。

光線が山を貫く。川を蒸発させ、大地を斬り裂いた。光線は、その直線上にあるもの全てを消失させたのだ。

「む、むちゃくちゃだ……何なのあれ！」

知千佳は呆気にとられていた。

生き残っていた聖王の騎士たちが逃げ惑う。

何かを狙っているわけではないのだろうが、光線に触れた者たちは跡形もなく消え去っていった。

「ヴァハナト先生！　どうしたんだよ！　くそっ！　正気を失ってるのか!?」

少年が女に向けて叫んでいた。なぜこんな少年がこの場にいるのか。そもそもあの女は何者なのか。知千佳は多少気にはなったが、それよりも知り合いの安否を知ることのほうが重要だろうと考えた。

「ライニールさんたちは……」

知千佳はあたりを見回した。

破壊に伴い飛んでくる岩や、砂礫《されき》のおかげではっきりとはわからないが、聖王が光線を防いでいるようだった。光の壁を前方に作り出しているのだ。

「あれ？　誰か増えてる？」

ライニールとリックとフレデリカと死んだ剣聖と聖王。そんな一団のはずだったが、いつのまにか二人増えているようだった。

＊＊＊＊＊

「もういやぁあー！　おうち帰してでござるぅ！」

花川が叫んでいる。

ようやく塔に辿り着いてみると、言語に絶するような破壊の嵐が吹き荒れていた。

ある一点から、光線が四方八方へと放たれているのだ。

それは触れた物を全て焼き尽くし、一瞬で蒸発させている。このままでは塔どころか、峡谷すら全て消え去ってしまうような勢いだ。

「大丈夫だって。ボクらはこんなことで死なないよ。ほら、アクション映画の銃撃戦で主人公には弾が当たらないだろ？　あんな感じだよ。ここで流れ弾喰《く》らって死んだって何も面白くはないしね」

「銃撃戦とは規模が違いすぎるのですが！」

「光線だろうと銃弾だろうと、当たれば死ぬことにかわりはないさ」

アオイにはなんとなく、このあたりにいれば大丈夫だろうというポイントがわかっている。ここで自分が死なないという確信があるのだ。

アオイは花川を引きずりながら、事の中心地へと向かっていた。

おそらくはそこに高遠夜霧がいるはずだ。

この周辺で何かが起こりそうな場所へ歩いていく。

辿り着いた場所では、白い法衣を着た女が光の壁を作り出して光線を防いでいた。

その陰にはひょろりと背の高い男と、白銀の鎧を着た騎士のような男と、右腕が焼き菓子になっている少女がいる。

ひょろりとした男と少女はうずくまって震えていて、騎士は剣を抜いてはいるが途方に暮れているようだった。

「どっちかが高遠夜霧……ってことはないか」

どちらの男も容貌はこの世界で一般的な人種のものだ。日本人の高遠夜霧とはまるで異なっている。少女も壇ノ浦知千佳ではないだろう。

もうひとり、首を切られて死んでいる男もいるが、こちらは老人だ。とても高校生には見えなかった。

「あなたは？　高遠さんの知り合いですか？」

騎士が驚きとともに訊いてくる。まさかこの状況の中、やってくる者がいるとは思っていなかったのだろう。

「ボクはアオイ。知り合いっていうならこっちのブタくんかな」

「知り合いでも何でもないでござるが！」

「まあ、いいや。高遠夜霧がどこにいるかは知ってる？」

「いや、今はそんなことを言っている場合ではないんですが！」

騎士がアオイなどどうでもいいという様子で、破壊の中心地へと向き直る。

確かにこの状況でのんきに話などしている場合ではないだろう。

「そうだね。運命的には、どう考えてもこの状況の解決が先かな」

アオイが周囲を観察する。

運命の流れを読みとれば、ここに至る経緯と、解決策が脳裏に浮かびあがってくる。

「君、自分がもう剣聖になってるって自覚はある？」

「え？　そういえば、そのようなことを剣聖様が！」

騎士が再びアオイに興味を示した。

「なんてことはない。君が突っ込んでいって、あの女神とやらを殺せばそれでおしまいだよ」

「しかし、あれほどの相手に無策で立ち向かっても……」

「大丈夫だよ。今のあれは正気を失っている。光線はむちゃくちゃに撃っているだけだし、向きは武具をよく見ていればわかるよ。剣聖の力を得た君なら、それで回避はできる。そして、女神は胸と頭に傷を負っている。そこを君の剣で狙えばいい。普通なら女神を殺すなんて無理だけど、治りきっていない傷に聖剣オーズを突き立てることができるなら、神殺しは可能だよ」

「なぜ、これが聖剣だと！」

だが、それで信憑性が増したのだろう。騎士はやる気になったようだ。

何度か剣を振り、調子を確かめている。

「わかりました。聖王様のお力も長くはもたないでしょうし、手をこまねいていても、全滅するだけです」

騎士が覚悟を決め、光の壁を通りぬけた。

光線を躱しながら、女神へと迫っていく。いくら剣聖でも光の速度で放たれる攻撃を躱すのは不可能だ。だが、出所と向きがわかっているならいかようにも対処はできる。

女神が正気であればこうはいかなかっただろう。騎士はあっさりと女神のもとに辿り着き、その剣をまっすぐに胸へと突き刺した。

光線が止まり、武具の群れががちゃりと落ちる。

アオイは女神が死んだことを確信した。運命の流れとしてはこうなるのが妥当なのだ。

攻撃がおさまったところで、アオイは周囲を見回した。高遠夜霧はここにいるはずだ。

まだ、女神の攻撃により発生した砂煙が周囲には舞っている。そのため確認はしづらいが、ほとんどの者は死んでいるようなので、捜すのは簡単だった。

少し離れた所にぼんやりと突っ立っている人影があるが、背丈が小さすぎる。そうなると、塔の端の方にいる三人の誰かだと考えるのが妥当だった。

「ブタくん。あれが、高遠夜霧かい？」

「え？　ああ、砂埃でよくわかりませんが、知千佳たんのシルエットならわかりますので、そのはずでござる」

「あっさりとキモいこと言うね。じゃあ、行こうか」

「いや、あの、拙者、再会すると殺される気がするんですが」

「殺意がなければいきなり殺されることはないんだろ？」

アオイは、有無を言わせずに花川を引きずり、夜霧たちのいる方へと向かった。

砂塵を抜けると、その姿がはっきりと見える。

高遠夜霧と壇ノ浦知千佳だ。それに半魔の女も同行していた。

まずは、夜霧がどの程度の存在かを計らねばならない。

アオイは、運命を観る力、英雄殺しの眼を発動した。

視界が歪んだ。

平衡感覚を失いしゃがみ込む。とても立ってなどいられなかった。

内臓がねじれるような苦痛にもだえ、こみあげてくる吐き気を抑えることができない。

花川が何かを叫んでいるが、どこか遠くから聞こえてくるようだ。

両手を床に着いて体を支え、アオイは吐いた。

無様な姿だが、そんなことを気にしている余裕はアオイから消え去っていた。

どうやってこの場を逃れるか。それ以外のことは考えられなくなっていた。

22話　不覚にも萌えてしまいましたな

逃げなきゃ、逃げなきゃ、逃げなきゃ。

そんなことばかりが頭を廻る。だが、体はまるで言うことを聞いてはくれなかった。

一度それを認識してしまえば、意識を逸らすことができず、ただ恐怖にさらされ続ける。

それは袋小路だった。

全ての運命の行き着く先であり、そこから先には何もない。全ての終わりがそこで人の形を取っていた。

それは終焉であるからこそ、最後まで立っている者だ。何者もそれより先に行くことなどできはしない。

そんな者を相手に、運命だの、筋書きだの戯《ざ》れ言《ごと》にもならない。それは戦おうと考えることすら馬鹿らしい存在だ。

それが殺したいと考えただけで、相手が死ぬという。

最初に聞いた時は、何を馬鹿なことをと考えた。それはあまりの実力差から、そう見えただけのことだろうと思ったのだ。

その能力には何か絡繰《からく》りがあるのだろうと。解析し分析すれば、対策を立てることができ、アオイの能力を駆使すればどうにでもなるだろうと考えた。

甘かった。何もかもが甘かった。

見ればわかる。

それが望んだなら、何者だろうと死ぬだろう。それが否定するならば、どんな物も現象も存在することを許されないだろう。対策などありはしない。それはそういう存在なのだ。

そして、ふと思い至る。

女神の攻撃が、まったく夜霧の方へは向いていなかったことを。

女神は正気を失ってはいたが、本能的に恐れていたのだ。それを攻撃すれば、無事ではいられないとわかっていた。

――シオン……お前は、いったい何を呼び寄せた！

そんな存在はありえなかった。

それは名状しがたい、災厄や呪いといった現象だ。それが人格を持ち、人間のふりをしているなどあってはならなかった。

そして、こんな者がどこかにいるのだとしても、シオンごときに呼び出せるはずがなかったのだ。

最悪だった。

シオンは、賢者どもは無邪気すぎたのだ。

なぜ、常に自分たちよりも弱いものしか、御《ぎよ》しきれる存在しか召喚されないと思い込んでいるのか。なせ、これまでそうだったからといって、これから先もそうだと言い切れるのか。

アオイは吐瀉物《としやぶつ》まみれの床を見ていた。

そこから顔を上げることすらもうできる気がしなかった。

だが、このままでは夜霧が何かせずとも、自分は正気ではいられなくなるだろう。

それだけならまだいい。アオイが真に恐れているのは、正気を失った自分が何をしでかすかわからないということだ。万が一にも夜霧に襲いかかるようなことがあれば、その時アオイには真の死が訪れるだろう。魂の存在に確信を持っていることが、この時ばかりは恨めしかった。

どうにかする必要がある。まずは冷静になることだ。恐怖に竦《すく》んでいては逃げ出そうにも逃げられないし、自殺することもできはしない。

「ぐふふっ！　拙者、ボクっ娘《こ》などには興味がなかったのですが、その、ゲロ吐いて、おしっこ漏らして、普段の冷静さをかなぐり捨てているような姿を見てしまうと、その、不覚にも萌えてしまいましたな！」

冷静になろうと必死になっていると、花川の声が聞こえてきた。

先ほどから何かを言っていると思えば、凄まじいまでにくだらないことで、アオイはその馬鹿馬鹿しさに少しばかり落ち着きを取り戻した。

そして、落ち着いてくれれば、何も絶望することはないのだと悟る。

まだ、自分は夜霧と敵対はしていないのだ。

夜霧からすれば、アオイはいきなりしゃがみ込こんで嘔吐したわけのわからない女に過ぎないのだから。

まだなんとかなるのかもしれない。

アオイはわずかな希望にすがり、ゆっくりと顔を上げた。

＊＊＊＊

「え？　花川くん？」

「本当だ」

知千佳たちが気付くと、花川は即座に土下座をした。

「拙者、来たくて来たのではないのでござるぅ！　このアオイ殿に無理矢理つれてこられて、ってアオイ殿!?」

なぜこんな所にいるのかを問いただそうとした知千佳だったが、一緒にいた少女がいきなり跪くようにしゃがみ込み、両手をついて吐きだしたので、それどころではなくなってしまった。

「え、何？　大丈夫？」

見たところ人間のようだし、こんな所で吐いているぐらいだから魔神の眷属ということはないだろう。

「拙者は大丈夫でござるが？」

「ごめん、花川くんのことは欠片も心配してない」

「そういや、絶対に逆らえなくなる奴隷の首輪を付けて森に行ったと思うんだけど」

花川は首輪を付けていなかった。

それは身に着けて最初に見た者に服従するという首輪のことで、花川は自らそれを付けて知千佳に見られたのだ。

気持ち悪いと思った知千佳は主人の権利を夜霧に移譲し、夜霧は花川に魔獣の森で待機しろと命令した。

その命令が守られているなら、花川がこんな所にやってくるはずがなかった。

「あ、それはその……」

「やっぱり嘘だったのか」

「嘘ではないのでござる！　確かにあの瞬間はそうだったのでござるよぉ！　ただ、その効果がいつまでも続くとは言ってないのでござる。そのことをどうか思い出していただきたい！」

「ま、そんなことだろうと思ってたけどね」

確かに夜霧は、花川の話を聞いた時に効果の永続性に疑問を持っていた。

「で、何がどうなってるの？　その人は？」

「その、拙者はこの方につれてこられただけでござる！　アオイ殿というのですが、理由などはアオイ殿に聞いていただいた方が……」

花川は土下座状態のまま、ちらりと隣で苦しそうにしている少女を見た。

「ぐふふっ！　拙者、ボクっ娘《こ》などには興味がなかったのですが、その、ゲロ吐いて、おしっこ漏らして、普段の冷静さをかなぐり捨てているような姿を見てしまうと、その、不覚にも萌えてしまいましたな！　なんかもう、別に拙者がえらくなったわけでもなんでもないのに、上から目線で見られるこの気持ちはなんでござろう！　これからはアオイたんと呼ばせてもらってもいいのではなかろうか！」

「うわ……キモ……」

知千佳は思わず一歩下がった。

「花川はどうでもいいけど、そっちの人はずいぶん調子悪そうだね」

夜霧が少女を気遣い、近づいていく。知千佳も一緒についていこうとしたが、そこで少女が顔を上げた。

「だ、大丈夫です！」

少女は片手を前に伸ばし、夜霧を静止した。

「そう？　背中をなでるぐらいならできるけど」

「汚れますから！　そんなことをさせるわけにはいきませんから！　こんなゲロまみれの女に近づくなんてもってのほかです！」

「初っぱなからずいぶんと卑屈だね……」

「大丈夫なんです。ちょっと内臓がねじきれそうになってて、ストレスで脳が焼き切れそうですけどおおむね快適です！　ご心配をおかけするほどではございません！」

「全然大丈夫そうじゃないよ!?」

「本当に大丈夫なんです！　だから近づかないでください、ごめんなさい。なんだったら、ゲロ食べてもいいですから！」

「あ、いや、そこまで言われたらさすがに近づかないけどさ」

知千佳はあまりに必死な様子にちょっと引いたが、本人の意思を尊重することにした。

少女の顔色はあまりにも悪く、見ているだけで不安になってくるほどだが、よほど近づかれるのが嫌なのだろう。

「大丈夫。大丈夫なんです。ちょっと休んでたら大丈夫なんです」

「わ、わかったからさ。落ち着いて。ね？」

「はい、落ち着いています。ここに来たのはですね、このブタくんをお届けにあがったのです。ご学友とのことですので！」

「ん？　アオイたん、それは初耳なのですが？」

「ふふっ。ぶち殺すよ、ブタ野郎。君は、クラスメイトと別れて一人で森をさまよっているところをボクに拾われて、仲間と合流したいとボクにすがりついたんだ。そうだっただろう？」

「あ、はい。そうだった気がするでござる。そこはかとなく」

少女が鬼気迫る表情を見せ、花川は瞬時に折れた。そういうことになったらしい。

「そういうことですので、これはお引き渡しいたしますね」

「え、いらないんだけど」

夜霧があっさりと断った。

「あ、わかりました。ではこちらで処分させていただきますね！」

「古本屋で値段がつかなかった本のような扱いはやめていただけないでござるか！」

「で、では私はこれで！」

少女が這いずるようにして離れていく。

心配ではあるが、本人が頑なに介抱を拒否するのであれば仕方がない。

離れていくにつれ調子がよくなったのか、立ち上がって歩きだし、最終的には森の方へと駆けていった。

「あ、その、拙者はどうすれば……」

花川が途方に暮れた様子で言う。結局アオイは、花川を処分することなく、どこかに行ってしまったのだ。

「じゃあ、また森で待機」

夜霧は淡々と言い放つ。

「まてでござるか！　もう勘弁してほしいのですが！」

花川が嘆いていると、リックたちがこちらにやってきた。

＊＊＊＊＊

リック、聖王、ライニール、フレデリカ。

夜霧たち以外で生き残っているのはそれだけのようだった。

聖王の騎士になったばかりの者たちは女神による攻撃で死に絶えたのだろう。

「いろいろと聞きたいことはあるのですが、まずはそちらの方です」

リックが強《こわ》ばった表情でテオディジアを見つめていた。

リックからすれば、いきなり剣聖を害した女だ。警戒はして当たり前だろう。

「仇を討ったまでで、それは剣聖と私の事情だ。あなた方には関係がないと思うが」

「そうは言われましても、今は私が剣聖です。無関係とも言いがたい」

「今、剣聖になったのなら、無関係だな。それとも、前代の剣聖の悪行を引き継ぐつもりなのか？」

二人が剣呑な雰囲気になる。このままではまずいと夜霧は間に入った。

「リックさんは地下を見てきた方がいい。それでも前代の仇を討つってのなら、心情的に俺はテオディジアさんの味方だから、俺が相手になるよ」

リックが剣聖になったというなら、テオディジアでは勝てないだろう。だが、殺されるのを見過ごす気にもなれなかった。

「高遠さん。言っては悪いが、今の私は剣聖です。聖王の騎士になったとはいえ、もともとたいした力のないあなたでは——」

「失礼な真似はよせ」

すると聖王がリックを止めた。

「しかし、剣聖を討った者を放置するわけにもまいりません」

「剣聖になったからと思い上がるな。お前ではこの方には勝てぬ。何しろ、魔神を屠《ほふ》るほどの方だ」

「な!?」

リックが驚きに固まる。

「眷属が死に絶えているのもそうだ。全てこの方がやったのだ」

聖王は確信を持っているようなので、ごまかすことはできないのだろう。夜霧は渋々ながら認めることにした。

「それは、本当に悪かったと思ってるんだよ。殺す気はなかったんだ」

夜霧は反省していた。

千年にわたる因縁《いんねん》は余人が関わることではないはずで、それらはこの世界に住む人たちが、自分たちの手で収拾をつけるはずのことだったのだ。

「いや、感謝している。結局、封印しつづけるにも限界はあったのだ。そのひずみがそちらの御仁の仇討ちに繋がったのだろう」

リックはあらためて周囲を見回した。

全ての元凶であり、過去に世界を滅亡寸前にまで追いやった魔神。

その魔神をあがめ奉《たてまつ》る、歪な姿をした眷属たち。

それら全てが倒れ伏している現状を認識したのだろう。その表情はさらに硬いものとなった。

「高遠さん、あなたはいったい何者なんですか？」

「賢者に召喚されてやってきた、ただの高校生だよ」

「そこまで無意味なただの高校生ってセリフ、初めて聞いたよ！」

思うところがあるのか知千佳が文句を言ってくる。だが夜霧は、自分のことを少々変わった力を持つ高校生だと思いたかった。

「わかりました。前代の剣聖の件については一旦保留といたしましょう。では、次に考えなければいけないのはこの後どうするかなのですが」

「俺たちは王都に向かう途中だったから、王都に向かうよ」

「ああ、それでしたら私も同じですね。ここでできることはもうないでしょうし、王都へ帰ることにしましょう。ライニールさんや、フレデリカさんも同じはずですね」

リックは王都の出身らしいし、ライニールとフレデリカもそのようだった。

「私も情報を集めるために王都へ向かうのがいいと思っていた」

テオディジアは妹捜し続行するのだろう。その件について知千佳は気になることがあった。

「テオディジアさん、妹さんのお名前をもう一度聞かせてもらっていいですか？」

「エウフェミアですが、心当たりでもあるのでしょうか」

「どこかで聞いたような気がするんだよね……高遠くんは何か覚えてない？」

「確かに聞いたような気はするんだけど……覚えようと思ったこと以外は忘れちゃうからな」

「いや。それだけでも助かる。高遠殿は王都から来られたのではないのだから、これまでに立ち寄った街のどこかで聞いたことになるはずだ」

知千佳は、平原からここまでの道筋をテオディジアに説明した。

テオディジアはまず、ハナブサに向かうことにしたようだ。

「私も王都へ行こう。千年が経っているとのことだ。係累は途絶えているかもしれないが、まずは神殿に向かうべきだろう」

聖王が言う。

大半は王都へ向かうようだった。

「じゃあ、道を教えてよ。だいたいわかってるけど詳しい地図なんかがあると助かる」

「地図ですか？　少し離れた所で私の連れてきた一団がキャンプを張っていますので、戻ればあるとは思いますが、それよりは我々と同行すればいいのでは？」

「そ、そうでござるよ！　普通、ここは仲間大量にゲットだぜ！　ってことで、和気藹々《あいあい》と王都に向かって出発だ！　というシーンでござろうが！」

いつの間にか仲間面で話し合いに加わっている花川が叫んだ。

「やだよ。俺は壇ノ浦さんと二人旅をするんだから」

夜霧は臆面もなくそう言った。

「お、おう」

知千佳が言葉に詰まっていた。

＊＊＊＊

夜霧は本当に同行を断り、知千佳と二人で装甲車へと戻ってきた。

女神の光線があたりを壊しまくってはいたが、装甲車自体は無事なようだ。

「ねえ。多分、ついていった方が楽だと思うんだけど」

「人が多いのは苦手なんだ。めんどくさいし」

「ま、だったらいいけどさ」

知千佳としてもそれほど同行を願っていたわけでもない。二人がいいと言うなら、それでいいかと思っていた。

「そういや、ドラゴンの女の子は？　アティラって言ったっけ。案内してもらうんじゃなかったの」

「道はわかったしもういいよ。それに剣聖が死んでるのに顔を合わせづらいだろ」

「まあ、そうかな」

それに案内をしてもらうということは、同行するということだ。それは夜霧の望む二人きりではないのだろう。

――つーか、なんなんだこの状況！　そりゃ今までも二人で来たんだけどさ、はっきり言われると、その。

戸惑ってしまう知千佳だった。

そして、夜霧はいつものごとくさっさと助手席に座ってしまう。

知千佳も夜霧に運転させる気はないので、素直に運転席に座った。

「じゃあ、今度こそ王都に向けて出発！　ってどっちに行けばいいの？」

『我がだいたい把握しておる』

「あ、もこもこさんいたんだ。最近見なかったからてっきり成仏したのかと」

『あのな……いや、確かにあの状況では我はたいして役に立ちはしなかったのだが』

「ま、頼りにしてるよ。案内お願いね。じゃあ今度こそ出発！」

「おー」

夜霧が力なく手を上げる。ゲームをしていないだけましだが、ずいぶんと眠そうだ。

知千佳がアクセルを踏むと、装甲車はゆっくりと動きはじめた。

23話　幕間　なんでそんなめんどくさいことしてるの？

「拙者、置いていかれてるのでござるが！」

夜霧たちには同行を拒否された。

リックたちにも、突然あらわれた花川を連れていく義理などまるでなかったのだ。

「うぅ……ま、まぁとりあえず命の危険は去ったようなので、どこか落ち着ける場所を探すとするでござるか……」

花川も普通の人間と比較すればたいした能力の持ち主だった。

基本的な能力値は常人を上回るし、どんな傷でも一瞬で治す回復能力も持っている。多くを望まなければ、英雄もどきとしてそれなりに活躍することもできるはずだった。

どこかの寒村で周囲の魔物でも退治していれば、それなりの立ち位置を確保することは可能だろう。なんならハーレムでも作っていちゃいちゃし放題なんてことも夢ではないはずだった。

「そうでござるよ。拙者これでも魔王を倒したパーティの一員だったりするのでござる。ワンランク上を目指してもいいはずでござる！　……そうですな。まずはこの塔の地下でも探索するとしますか。高遠はレアアイテムだとかには興味がなかったようでござるが」

わけのわからないうちにこんなところまで連れてこられた花川だが、夜霧たちの話を聞いているうちにそれとなく事情を察していた。

魔神を封印していた塔なのだ。何かが残されているかもしれない。花川はいくらでも物を収納できるアイテムボックスというスキルを持っている。財宝の持ち運びに不便はないのだった。

さっそく地下へ向かおうとしたところで、花川は何者かの気配を感じて振り向いた。

少年が立っていた。

ずいぶんとくたびれた様子で、精根尽き果てたという雰囲気だが、その目だけは爛々《らんらん》と輝き狂気を孕《はら》んでいるかのようだった。

「え？　あ、その」

花川は即座に土下座を敢行した。何度もこんなことをしているためか、やけにスムーズな動きになってきている。

本能が言っていた。

――これはどう見てもヤバイ奴なので、逆らってはいけないのでござる！

花川は本能の訴えを素直に聞き入れた。

「ねえ？　これ、どうなってるわけ？」

少年が一歩を踏み出すと、塔の床が砕けた。八つ当たりだろう。今はその八つ当たりが花川に向かないことを祈るしかなかった。

「あ、あの。そう！　全部高遠夜霧という男が悪いのですよ！　ぜんぶ、ぜーんぶ、本当に全部高遠が悪いのでござる！　真実でござる！」

この少年は魔神の眷属なのだろう。眷属は夜霧が全て殺したと花川は思い込んでいたがそうではなかったようだ。夜霧が何を考えていたのかはわからないが、たまたま夜霧に殺意を向けていなかったのかもしれない。

「オルゲインが死んだのも？」

「はい！」

「仲間たちが死んだのも？」

「はい！」

「主様が死んでたのも？」

「はい、はい！　そうなんです！　全部あいつのせいなんですよぉ！　拙者まったく関係ないのでござる、たまたまここに連れてこられただけなんですぅ！」

惨めったらしく訴えかける。戦うなどもってのほかで、逃げられる気はまるでしない。ここは泣き落とししかないと花川は考えた。

「信じられないな」

「そうおっしゃられましてもぉ！」

「けど、今の僕には何もわからない。もっと詳しく話を聞かせてもらおうか」

「了解いたしましたでござるぅ！」

花川は床に頭をこすりつけた。

リクトというチートハーレム野郎から逃れてもアオイに連れ回され、ようやく助かったと思えば今度は魔神の眷属とやらが花川を扱《こ》き使おうとしている。

だが、二度あることは、三度も四度もあるものだ。

生きていればチャンスはある。花川はとりあえずは服従し、成り行きにまかせることにした。きっと今度もなんとかなる。そう信じることにしたのだった。

＊＊＊＊

賢者シオンの館にある一室。

そこに四人の賢者が集まり、円卓を囲んでいた。

「アオイが消息を絶ちました」

シオンはそう報告した。

前回の会議で、シオンが呼び出した高遠夜霧の存在が問題となっていたのだ。

おそらくはレインの行方不明と、サンタロウの死に関わりがある。

確実ではないものの、たかが賢者候補だ。とりあえずは始末しておけということになった。

一応は賢者に対抗できるだけの戦力があるものと想定し、はぐれ殺しのアオイがその任を負うことになった。

たまたま不相応な力を身に着けただけの半端者ならば、アオイが適任だろう。そういうことになったのだが、ハナブサから峡谷へ向かうとの連絡を最後に、そのアオイが消息を絶ったのだ。

「ってもよぉ。レインにしろアオイにしろ、死ぬとか考えらんねぇだろ。まぁ、サンタロウは死体があるからそうなんだろうがよ」

そう言うのは貧相な体格の男、ヨシフミだった。革のズボンに鋲《びょう》の付いたジャケットといった格好はチンピラとしか思えないが、彼も賢者の一人だ。

彼はエントと呼ばれる地域を支配する皇帝だった。他の賢者とは違い、自らの領域を直接統治しているのだ。

「峡谷では大規模な破壊が巻き起こった模様ですね。地形が変わってしまっています。この地には剣聖が住んでいるという噂ですが、アオイが敵対するというのも考えづらいですね。そうなると、死にはしなくとも、アオイの身に何かがあったのではと思ってしまうのですが」

「その高遠夜霧ってのもどこにいるかはわかんねーんだろ？　だったらとりあえずはほっとくしかねーじゃねーかよ」

「てかさぁ。シオンが呼び出したわけでしょ、その高遠って奴ぅ。人任せにしてる場合なのぉ？

ここは責任を持ってあなたが始末しなきゃいけないんじゃないの？」

文句を言うのは黄色のドレスを着た少女、賢者アリスだった。

彼女はプリンセスを自称しているが、ヨシフミとは違って国家に属してはいない。シオンには理解しがたいが、存在自体がプリンセスだと彼女は常から熱弁している。

「そうですね。幸い一緒に呼び出した者たちのことならわかりますし、彼らと接触するかもしれません。わかりました。情報は共有いたしますが、今後は私が中心となって対応することにいたします」

アオイがしくじる、もしくはここまで手間取るとは、シオンも思ってもいなかったのだ。

完全にあてが外れたシオンだったが、こうなると直々に対処するしかなくなっていた。

「ああ、そういや、ずいぶんと減ってるんだっけ？」

思い出したように話に参加してきたのは、金髪碧眼の青年だった。

その容姿からわかるようにシオンたちのように元日本人ではない。彼の名はヴァン。大賢者の実の孫だった。

シオンたちが冠する〝大賢者の孫〟という肩書はただの称号でしかないが、彼は実際に大賢者の血を受け継ぎ、この世界で生まれ育った者なのだ。

「ええ。立て続けに召喚を行ったのは、減った賢者を穴埋めするためですね。もっとも成果はあまりなかったのですが」

「なんでそんなめんどくさいことしてるの？　増やすぐらい簡単でしょう？」

　ヴァンはキョトンとした顔をしていた。本当に簡単なことだと思っているのだろう。

「そう簡単に増えないからいろいろと手を尽くしているんですよ。でしたらヴァンは賢者を増やすことができるというんですか？」

「じゃあやってみるよ。レインとサンタロウの穴埋めでいいのかな？」

「二人と言わず何人でも。ここ最近の侵略者《アグレッサー》はなかなか手強いようですしね」

「そうだね。じゃあ何人か見繕ってみるよ」

　ヴァンはあっさりと答え、シオンは複雑な顔になった。

　もしそんなことが簡単にできるのなら、わざわざ異世界から候補者を喚び出している自分はいったい何なのだと言いたくもなるが、そこはお手並み拝見というところだ。

「じゃあそっちはお前らでどうにかしてくれ。つーかよぉ、なんでそんなはりきっちゃってんだ？　侵略者《アグレッサー》なんざ、自分の領域に来るまではほっときゃいいだろうがよ？　俺らに課せられた義務は、領域内の侵略者《アグレッサー》の撃退のみだ。それ以外は知ったこっちゃねーだろうが？」

　ヨシフミが言う。だが、賢者が減り続ければいずれそのしわ寄せはやってくるのだ。早い内に手は打っておかねばならないだろう。

「だからと言って空白地帯に現れた侵略者《アグレッサー》を放っておいて困るのは、近隣の者なんですけどね」

　領域外だったとしても、近隣にあらわれたなら影響はあるだろう。それを無視することもできないはずだ。

「そうそう、その空白地だよ。前回はうやむやになったがよ。今回ははっきりさせてもらうぜ。要はレインの跡地を俺によこせって話だ」

「はいはーい！　私もハナブサ欲しいんだけどー！」

アリスが元気よく手を上げた。

「ざけんな、メスガキ！　てめえの領域とは離れすぎてんだろうが！」

「何？　ヨシフミのとこなんて、島じゃん！　海を隔てちゃってるじゃん！」

ハナブサはこの世界において、最も現代日本を再現している街だ。大半が元日本人の賢者にとっては、それだけで価値のある場所だろう。

「何なのその三下ファッション！　雑魚じゃん！　出てきて数秒でやられる奴じゃん！」

「これのよさがわかんねーからガキなんだよ！　てめぇこそ、そのフリフリは何だおい？　そんなプリンセスがどこにいやがるってんだよ！」

「喧嘩売ってんの!?　私の近衛騎士団が黙ってないからね！」

「かかってこいや！　俺の四天王が相手してやるぜ！」

「ぶふっ！　四天王って何？　ボスが雑魚っぽけりゃ、部下も雑魚っぽいの！　そいつら簡単に死んじゃいそう！」

ヨシフミとアリスの言い争いは収拾がつかなくなっていた。

「わかりました。では主催者権限で勝手に決めさせてもらいます。分割しましょうか。丁度半分にすればいいでしょう。半分がどこなのかは話し合って決めてくださいね」

するとどこを取るかという話でまたもや二人は言い争いを始めた。

「ま、あとはお二人で勝手に決めてくださいな」

これ以上は面倒だと思ったシオンは、二人をこの部屋から強制的に排除した。

ここにいる賢者は、シオンを除いて幻像だったのだ。部屋の主であるシオンには通信を遮断する権限があった。

「じゃあ賢者を増やせたらまた連絡するね」

そう言ってヴァンも消えた。

ヴァンは空白地帯には興味がなかったようだ。何のためにやってきたのかはわからないが、彼にはきまぐれなところがある。ただの暇つぶしだったのかもしれない。

そして、部屋にはシオンだけが残された。

「賢者はどいつもこいつも好き放題やってるってのに、なんでシオンが賢者の数やら、空白地帯の管理やらしなきゃなんねーんだよ」

会議が終わったと見計らったのか、従者のヨウイチが部屋に入ってきた。

「性分というものでしょうか。思うがままを為せ。お爺さまはそうおっしゃいましたが、これが私のしたいことってわけです。どうしても一定の秩序を求めてしまうんですよ」

「で、夜霧って奴はどうするんだ？」

「そうですね。どうもその人が何なのかよくわからないんですよね。即死魔法を使うんじゃないかと、ヨウイチさんは言ってましたけど」

「ハナブサの領主に話を聞いてみたが、何かをしていたようだが、よくわからなかったと、どうでもいいことしか言わなかったな。同じクラスの奴らに聞いてみたらどうだ？」

「ミッション以外のことであまり干渉したくはないのですが……ああ！　ではこういうのはどうでしょう？　日本から高遠夜霧を知っている者を召喚するのです！」

シオンは手を叩いた。とてもいい考えだと思えたのだ。

「そんなことができるのか？」

「召喚時のデータが残っていますので、ある程度絞り込むのは可能だと思いますね。さっそくやってみましょうか」

召喚などという大魔術は、普通ならそう簡単には使えないが、シオンにとっては造作もないことだった。

なにせ、魔力は息をしているだけでも増大し続けていて、常に持て余している状態だからだ。

シオンが手を前に伸ばすと、円卓の上に魔法陣が浮かびあがった。その地点と、異世界を結びつけるのだ。

それは世界に落とし穴を作るような行為だった。エネルギー的には最下位に位置するこの世界へとトンネルのようなものを作り上げる。

後は、何者かが仕掛けにかかるのを待つだけだ。

一応は、高遠夜霧の情報を元にして関係者がかかりそうな所に設定はしてみたが、望み通りの者が召喚される確率は低いだろう。

無駄に終わる可能性は高いが、魔力はあり余っている。それは、ただの思いつきによる、暇つぶしに近い行いだった。

「シオン。高遠夜霧そのものを召喚することはできないのか？　そうして始末すれば簡単だろう」

「強制召喚は同じ世界同士ですと困難ですね。これはポテンシャルの違う世界を繋ぐからできることなんです。あ、出てきましたよ」

弾けるような音がして、円卓の上に人があらわれる。

それは、白衣の男だった。

「成功か？」

「さあ、それは話を聞いてみないとわかりませんね」

白衣の男は混乱していた。それはそうだろう。男にしてみれば、突然目の前の景色が変わり、得体の知れない場所にやってきたことになるのだ。

「こんにちは。私は賢者シオン。あなたを召喚した者です」

「賢者？　召喚？　あなたは何を言ってるんですか？」

話しかけると男は少し落ち着きを取り戻した。

「あなたを喚んだのはですね、高遠夜霧という方についてお聞きしたいからなんです」

その名を聞いた途端に男が狼狽した。それは、あらわれた直後以上の慌てぶりだ。

「召喚？　まさかＡΩ《アルファオメガ》がいなくなったのはそのためなのか？　違う世界？　いや、ありえるのか、それは。もともと奴の出自は謎だったんだ。異世界があるというなら、能力の源泉がそこに……エネルギー源については……」

慌てていた男だったが、何かを納得したのか、興奮してぶつぶつと言いながらポケットから携帯端末を取り出す。

「あはははははっ」

そして、携帯端末の画面を見た男は、気が触れたかのように笑いはじめた。

「ここは異世界だというんですか!?」

「その通りですよ」

それはシオンが思っていたのとは違う反応だった。普通ならすぐに信じはしないだろうし、もっと混乱すると思っていたのだ。

「奴が、奴の反応がここにある！　そうだよ、奴が死ぬなんてありえないんだ！　ここに奴を連れてきたのが、あなたたちだというんですね！　ならばあなたたちは救世主だ！　文字通りに世界を救ったんですよ！　僕が世界、いや、人類を代表して、感謝の意を伝えようじゃありませんか！」

「どういうことだ?」

ヨウイチが怪訝な顔になっていた。白衣の男は錯乱しているわけでもなさそうだが、言っていることはまるで意味がわからない。

「もっとも！　それはこの世界が危機にさらされるってだけのことですがね！　ちくしょう！　なんだってんだ！　なんだって世界は救われたっていうのに、僕だけがこんな目に遭わなきゃいけないんだ！　なんだってあいつは封印を解いちまってるんだよ！　お前らにわかるのか？　いつもいつも監視ツールを見続けて、あいつが動きださないかとびくびくと怯え続ける気持ちが！」

『AΩ《アルファオメガ》、第一門の解放を確認。レベルCを対象とした自爆シークエンスを発動します。警告。周辺の人物は五メートル以上離れることを推奨いたします。カウントダウン開始。十、九、八……』

その機械的な声は男のどこかから発せられた。

「いやだ、助けてくれ！　死にたくないんだ！　元の世界に帰してくれ！」

シオンたちが呆気に取られて見ているうちに、カウントダウンはあっさりと零に到達する。

そして、男の頭部は爆裂した。

男は、頭骨と脳漿《のうしょう》をあたりにぶちまけて円卓の上に倒れる。もちろん即死だった。

「いったい何なんだ、こいつは……」

予想外の顚末にヨウイチが呆然としていた。

「まったくわかりませんが……これ以上喚んでも無駄なんでしょうね」

これまでそれほど夜霧を警戒していなかったシオンだったが、さすがに不気味なものを感じはじめていた。

即死チートが最強すぎて、異世界のやつらがまるで相手にならないんですが。

番外編
―書き下ろし―

機関

その村は、地図に載っていなかった。

その存在は古くから隠蔽され続けていて、公式な記録はなく、住人には戸籍すらなかった。村は存在していないことになっていたのである。

ただ、そうは言ってもそこにあるのは未開の原始集落ではない。そこで人が暮らす以上は外部と接触しないというのは不可能であり、何かおかしな、関わってはならない村があるというのは、近隣では周知の事実だった。

人の口に戸は立てられず、畢竟《ひっきょう》、村に興味を抱く者も出てくる。いくら隠されているとはいえ、狭い日本国内の話だ。陸の孤島と呼ばれるような所だろうと、その場所を特定するのはそれほど難しくはない。

場所がわかればそこに行こうとする者もあらわれる。

村の周囲は政府により常に監視されていたが、その監視網も絶対ではなかった。村の住人に気付かれぬように、大きく、広く警戒線を設定しなくてはならなかったからだ。そのため、本気で突破を図るなら、村へ侵入することはそれほど難しくはなかった。

だが、その村に侵入して帰ってきた者は誰もいない。つまり中の様子は誰にもわからず、その村はいつまで経っても謎のままだった。

それは隠蔽し監視している政府であっても同じことだ。ただそうしろと、伝えられているままにそれを行っているにすぎない。

奇妙な話ではあるが、とりたてて珍しい話でもなかった。

世界にはそのような、触れてはならない物がいくつも存在していて、禁忌を犯したがために滅んだ国は枚挙に暇がない。

日本では支配者が変わろうと、国体は変わらなかった。そのため、禁忌についての伝承が比較的うまく行われていたのだろう。理由がわからなくとも、監視を続けることは当たり前だと考えられていた。

――なので、その村が禁忌とされた理由を彼らが知ったのは、監視網が内側から破られた後のことだった。

＊＊＊＊＊

インスタント食品による粗末な食事を終えた高遠朝霞は縁側に向かった。外はすっかり暗くなっていた。

「これ、どんな仕組みなのかねー。プラネタリウム的な？」

それは本来ならありえない光景だった。

なにせここは地下深くにある集落であり、天候の変化など起こるわけがないのだ。

この地下施設の全容を朝霞は把握していないが、ある程度の広さがある半球状の空間だと推測していた。

昼夜は、プロジェクションマッピングのような手法で再現されているのだろう。地下世界の太陽の動きは、外部の時間と連動しているようだった。

「って、私ずっとここにいなきゃならないの？　どんだけブラックだよ」

確かに、寮住まいになると聞いてはいた朝霞だが、こんな所に閉じこめられるとは思ってもいなかった。

「ねえ。前の人は、夜はどうしてたの？」

居間に戻り、ぼんやりとしている少年に聞く。

「暗くなる前におうちに帰ってたよ」

少年は素直に答えた。

まだあどけない、かわいらしさの残る少年で、彼の世話が朝霞の仕事ということになっている。

少年の名は高遠夜霧。自分の名前を知らないというので、朝霞が付けた名前だ。名字まで付けるつもりはなかったのだが、少年がそういうものだと認識したようなのでそのままにしている。

「おうちねえ」

ここに来る前にもらった指示書を確認する。

ここから少し離れた場所に従業員用の宿泊施設があるようだった。

「じゃあ私も帰った方がいいのかな」

「夜は外に出ると危ないよ」

「さすがに田舎だけあって道は暗いけどこっちもいい大人だからね。懐中電灯でも借りれば……」

外を見る。月明かりだけでは不安だが、懐中電灯があればどうとでもなるだろう。そう思ったのだが、その考えはすぐに覆されることになった。

「ん？」

庭に黒い人影が立っている。そう思った直後、朝霞は自分の目を疑った。それは、影が立ち上がったかのような、真っ黒にしか見えない存在だったからだ。

「夜になると出てくるんだ。窓とかあいてると入ってもいいと思ってるみたいだから、夜は戸締まりをしないとだめなんだよ」

見る間に影が増えていく。

朝霞は慌てて縁側に駆け寄り、勢いよく雨戸を閉めた。

「何なのこれ！　わけわかんないんだけど！」

間一髪だった。

それが本気を出せばこんな木製の戸板ごとき障害にはならないだろうが、なぜかそれは雨戸を前にして手をこまねいている。

「何かは知らないよ」

「これ、いっつも来るわけ？」

「うん」

夜霧にとっては日常茶飯事なのだろう。それを恐れている様子はまるでなく、のんきに布団の用意を始めていた。

どうやら夜霧の生活は、ほとんどこの居間だけで成立しているようだ。

「こーゆーのも引きこもりって言うのかな……」

夕食を食べて少ししたらもう寝る準備を始める。することがないからかもしれないが、それはあまりに彩りのない生活のように思えた。

「はぁ……これじゃ外に出るなんて無理だし、ここで一晩過ごすしかないのか……」

外どころか、この部屋から出ることすら避けたかった。

あんなモノが外をうろうろとしていると思えば、一人になれるわけがない。

「布団て他にもある？」

「これしかないよ」

「まあいいか」

相手は子供だし、布団もかなり大きい。二人で寝ても余裕だろう。

「そういえば着替えもないじゃない……」

朝霞はほぼ手ぶらでここまでやってきていた。

「まあ仕方ないのか……」

結局、外の何者かの気配が気になりすぎて、朝霞はろくに眠ることができなかった。

＊＊＊＊

翌日の朝。

朝霞は、割烹着を着込んで朝食の準備をしていた。

割烹着を着るなど初めてのことだったが、家事をするにはなかなか具合がいい。

昭和の主婦といったイメージであまり人に見せたい格好ではなかったが、ここにいるのは朝霞と夜霧だけだったので、それほど気にすることでもなかった。

「味噌《みそ》汁ってこんなんでいいんだろうか……」

さすがにインスタント食品を食べさせて、仕事をしているとも言いづらい。

なんとか料理をしようと台所で四苦八苦している朝霞だが、付け焼き刃ではいかんともしがたかった。

「やっぱり、味噌を入れただけで味噌汁って言い張るのもなぁ……だしがいるんだよね、確か……」

味見をしたところ、味噌の味しかしなかった。

実家の食卓に出てきた料理を思い出してなんとかそれらしくやってみたが、まるで再現できていない。

そもそもここにある食材が本格的すぎるのだ。

味噌汁のだしに使えそうなのは、ごろりとした鰹節の塊や、煮干しだと思うのだが、それらをどう扱えばいいのか、朝霞には見当もつかなかった。

「ネット環境があれば、レシピとか検索できるんだけどなあ」

ここは外界とは隔離されていて、電話も繋がってはいない。黒電話は置いてあるが、それはインテリアにすぎなかった。

「せめて、炊飯器ぐらいは用意しとけよ！」

かまどとお釜で米を炊けと言われても無理がある。朝霞は仕方なく、聞きかじった知識で土鍋とコンロによる炊飯に挑戦していた。

そして、居間のちゃぶ台には、すでに行われた挑戦の結果が見るに忍びないありさまをさらしていた。

魚は焦げているし、目玉焼きですら形状を保てていない。

「うん、無理」

初めての朝食作りは、無惨な結果になっていた。

米が炊きあがったようなので、ご飯と味噌汁をちゃぶ台に並べる。

一応はこれで完成だ。

「おいしくない」

一口食べて夜霧が言った。その通りだと朝霞も思った。

「ご飯もべたべたしてて、なのに固い」

朝霞もそう思ってはいるのだが、真正面からそう言われてしまっては、大人しくしているのは無理だった。

「あのさ、作ってもらっといてその態度はどうなの？」

「でも、おいしくない――」

「シャラーっぷ！」

「え？　何？」

おかしな発音の英語を聞いた夜霧は、きょとんとした顔になっていた。

「いい？　男の子はね、女の子が作った料理をおいしくないなんて口が裂けても言っちゃいけないの！　そんなんじゃもてないからな！」

自分が女の子かどうかはさておいて、朝霞は言った。

「もてないって何？」

「そりゃあれだよ。そう、毛虫みたいな扱いをされるってことだよ。悲鳴あげられて、キモイとか言われてさんざんな目に遭って嫌われるんだよ」

「毛虫……知ってる」

「そうか。さすがに毛虫ぐらいは知ってるか。でな。これはな、どうごまかしたっておいしくないし、作った本人も失敗したことはわかってるんだよ。でもそこは、男の子は全部食べきって、おいしいって言うんだよ！」

「わかった……そうする。おいしい……」

勢いで押せばどうにかなるらしい。

だが、しょんぼりとされながら言われるとさすがに罪悪感が芽生えてくる。なにしろ、自分で食べてもどうしようもないぐらいに不味いのだ。

「ごちそうさまでした」

「って、素直かよ！」

夜霧は焦げた魚も目玉焼きもどきも、味噌だけの味噌汁も、芯が残っていていてべたつくご飯も食べきった。

こうなると、自分が食べ残すわけにもいかない。料理については早急にどうにかせねばならないと心に誓い、朝霞も勢いだけで食べきった。

「じゃあ、ちょっと待っててね。片付けるから」

朝霞は食器をまとめて、台所に行った。

「で、これが職場ってなんなんですかね。ＯＪＴ《オン・ザ・ジョブ・トレーニング》ってことなら指導員とかいないと話にならないような」

手早く食器を洗うと、朝霞はポケットに突っ込んでいた作業指示書を取り出した。

仕事の内容は、ＡΩ《アルファオメガ》と呼ばれる少年の世話で、日本人として最低限の教育を施すこと、となっている。

そして、具体的なことは何も書かれていなかった。後はお任せということらしい。つまり投げっぱなしだった。

「何をどうしろっての！　おかしいじゃん、こんなの！　つーかさ、これ労働法的にどうなの？　ありなの？　ちゃんと給料は出るの？　これ、私は行方不明ってことになってない？」

そもそも、超法規的組織による拉致まがいの所業なので、法律など完全に無視しているのだろう。細かい点については気にするだけ無駄のようだった。

「まあ、とりあえずは、小学生ぐらいの勉強を教えればいいのかな……」

年相応ということなら、そういうことになりそうだった。

＊＊＊＊＊

午前中は勉強。午後からは外に出て遊ぶ。とりあえず朝霞はそう決めた。

朝食の片付けを終え、早速夜霧と勉強することにした朝霞は、夜霧の学力を確認した。

「とりあえず、ひらがなを覚えようか」

ある意味ほっとした朝霞だった。教員免許を持っているとはいえ、朝霞は教師としてはど素人だ。夜霧の年代に何を教えるべきなのかを、まるでわかっていなかった。

朝霞は見本を書き、夜霧に書き取りをさせる。

そうこうしていると、玄関の開く音がした。

「え？　誰か来た？」

「運ぶ人だと思う」

「そのままやっといて」

朝霞は玄関に向かった。

背に巨大な籠を背負った女がいた。女は何の挨拶もなく、靴を脱いでそのまま家の中にあがりこもうとしている。

「その、あなた、誰？」

声をかけると、女はゆっくりと顔を動かし、朝霞を見つめた。

「うお」

朝霞は思わず変な声を漏らしてしまった。

女は笑っていたのだ。だが、その笑顔は微動だにしない、貼りついているかのようなものだった。

「高遠朝霞さんですね。私は自律動作する人型作業機械です。食料をお届けに参りました」

流暢ではあるが、感情がこめられていない声だった。

朝霞は大量の新鮮な食材を不思議に思っていたが、このロボットが運び込んでいるらしい。

確かにスタンドアローンで動作するロボットがいるような話を朝霞は聞いていたが、ここまで不気味なものだとは思っていなかった。

「こんなのが日常的に周囲にいるって、情操教育的にどうなんだろう……」

人型なのはなんらかの配慮かもしれないが、努力の方向が違うだろうと思えてくる。

「あ、ねえ。食料以外も持ってきたりしてくれるの？」

「はい。必要なものでしたら」

「だったらさ、小学校の学習指導要領とか、教科書とかって手にはいるかな。それと、料理の入門書と、電子レンジと、炊飯器と、電気ポット。あとはそうだな。暇つぶしにテレビとブルーレイプレイヤーとゲーム機、もちろんそれのソフトも適当にね。他には雑誌とか小説とか漫画とかも。それと私の着替えも一通りね」

ここぞとばかりに言ってみた。無理な物もあるかもしれないが、とりあえず言ってみるだけならただだ。

「はい。そのようにお伝えいたします」

会話はそれで終わったと判断したのか、女は廊下にあがり、台所へと歩いていった。

たまにこういったものがやってくるのだろう。納得した朝霞は居間に戻った。

「できた」

夜霧が書き取りを自慢げに見せてくる。やってみればそう難しいものではなかったのだろう。この分なら小学生ぐらいの学力はすぐに身に着けるかもしれなかった。

「じゃあ、ちょっと早いけど、外に行こうか。教科書とかもまだないし」

日本人としての教育を施せと言われてもどうしていいのかはよくわからない。今時の子供は田んぼで遊んだりはしなさそうだが、とりあえずは行ってみるしかないだろう。

前日に朝霞が言ったことを夜霧は覚えていたようで、田園にいる生き物を捕って遊ぶことになった。

「しかしまあ、のどかな光景なんだけど、ここが地下ってね」

田舎の光景だった。それも、かなり寂れた、時代の波から取り残されたような田舎だ。

季節は初秋といったところで、田園にはまだ水が張られている。

夜霧は畦《あぜ》に座り込んで、水の中に手を入れて何やら捕まえようとしていた。今まで、そんなことをしたことがないのか、興味津々という態度だ。

「ふよふよした奴いた」

夜霧が主に捕まえているのは緑のふよふよとした透明な生き物で、すくってはバケツに入れていた。

「ああ、なんて言うんだっけ、それ。いっぱいいると豊作になるんだったかな」

図鑑の類も必要だろうかと朝霞は考えた。

ぼんやりと田園を見る。

昨日はいなかったはずだが、そこには農作業をしている人の姿があった。見た目ではわからないが、それらもおそらくはロボットなのだろう。彼らも笑みを貼りつけたような表情をしているが、動作は人間そのものにしか見えなかった。

「あーゆーのが不気味の谷ってやつなのかなー。まあ、あんだけ人間の真似ができるってのも凄いと思うけど」

ロボット研究は日本でも活発だが、これほど進んでいるはずがなかった。朝霞は専門ではないので詳しくはわからないが、何世代もすっとばしたかのような完成度だ。

つまり極秘裏に研究された成果が、人知れず運用されていることになる。やはり、ここの運営にはとんでもないほどの資金が投入されているのだろう。

「なんだろね。生きたまま帰れる気があんまりしないんだけど……」

秘密保持を名目に消されるのではないか。そんな漠然とした不安を朝霞は感じていた。

＊＊＊＊＊

以前面接を受けた研究所の一室に朝霞はいた。定期報告ということで呼び出されたのだ。

「いやあ、お疲れ様です。まさか一月も持つとは思っていませんでした。あれですね、あなたの図太さは得がたいものですよ。人間力って言うんですか？　それがあればどこにでも就職できたんじゃないんですか？」

そう労《ねぎら》ってくるのは、面接を受け持っていた白衣の青年だった。

「あー、でもですね、企業はそういうんじゃなくて、あたりさわりなく、空気読める者同士で仲良くできるコミュ力って奴を重視してるんですよね……」

何度も落とされた就職活動の記憶が蘇ってきて、朝霞は渋い顔になった。

「ああ。最近問題になってきてますよね。コミュ力重視で採り過ぎた結果、口だけうまくて責任を回避する無能者ばかりになってきて、会社が回らなくなってきたみたいな」

「って、そんな話をするために呼んだんじゃないですよね？」

「特別何か用事があるというわけでもないんですが、ずっとほったらかしというわけにもいきませんし」

「あの、世界が滅ぶとかなんとかって重要任務なんじゃないんでしたっけ？」

その割にはずいぶんとのんきにしているように朝霞には思えた。

「ああ。ＡΩ《アルファオメガ》は大人しいものでしょう？　特に何もしなければ、このままだろうというのが、今のところの結論ですね。ただ、あれも成長するだろうし、放っておいたらどうなるのかわからない。その成長にバイアスをかけようというのが今回のプロジェクトなわけです。報告書は読みましたよ。小学生相当の学力は身に着けたようですね。たいしたものです」

夜霧の学習能力は優秀だった。見た目的には小学三年生ぐらいなのだろうが、もう六年生までの教育課程は終えてしまっているのだ。

「でも中学生の授業となると、私の手には負えなくなってくるかと思うんですけど」

「まあそこはどうにでもなるでしょう。通信制の学校のようなやり方もあるわけですし」

「いやいやいや、そこはちゃんとした先生を用意しましょうよ。それにもうちょっと人を増やしてですね」

「それができるなら苦労しなかったんですよ。前任者がいたと言ったでしょう？」

「ああ、真先《まさき》さんでしたっけ？」

「彼女はもった方だったんですけどね。たいていの人は、初日の夜でもう無理です」

「あー……あれ、何なんですかね？」

夜になると影があらわれる。閉めきった屋内に無理矢理入ってくることはないが、うめき声をあげながら建物の周囲をうろうろするので、とにかく不気味な存在だった。

「知りませんよ。私たちはあなた方の報告書に書いてあることしかわからないんですから。ただ、AΩ《アルファオメガ》を害しようとする何かがいるのは確かです。私はオカルト方面には疎いのでよくわかりませんが、いろいろと工夫はしてあるようですよ。結界とかで招かれない者は建物に侵入できないようになっているとか」

理解できる気はまるでしなかったが、現実に存在している以上その前提で動かざるをえない。朝霞も最近ではなれたもので、夜もぐっすりと眠れるようになっていた。それをもって図太いと言うのならば確かにそうなのだろうと朝霞も思う。

「じゃあ、ロボットがいますよね。あれでどうにかなるんじゃないんですか？」

「おやおや、ロボットに職を奪われていいんですか？　ま、実際のところあのロボットで、人間を教育するのは無理ですね。まだまだ汎用性には欠けているんです。というか、嫌ですか？　今の職場は」

「そりゃ嫌でしょうよ。なんだって、あんな所に閉じ込められなきゃならないんですか」

夜霧のことを不憫だとは思っている。だが、それと、朝霞まで一緒になってずっとあのおかしな村で過ごさなければならないというのは話が別だ。

「そうですよね。ま、そこは私たちとしても考慮するべき点はあると思うんです。今のところ、あなたの仕事ぶりは我々の想定以上。十分評価しておりますので、これからも仕事を続けていただきたいと思っています。ですので、福利厚生面でも十分なサポート、ケアを考えているんですよ」

そう言って、白衣の青年は分厚い封筒を机の上に置いた。

「何ですか？」

自分に渡されたと判断して朝霞は封筒を開ける。中に入っていたのは札束だった。

「え？　これって……」

「今月分のお給料です」

「はぁ？　その、束が五つ入ってますよね？」

「手取りで五百万円ですね。世界を守る仕事の報酬としては安いかもしれませんが」

「……いや、その、お給料をいくらもらってもですね、地下に閉じ込められてるんじゃ使い道がないじゃないですか」

破格の報酬に呆然としていた朝霞だったが、現実を思い出せば冷静になれた。どれだけ報酬が巨額だろうとまるで意味がないのだ。

「ああ、何か勘違いされているようですね。外出はしてもらって結構ですよ？」

「え？　そうなんですかっ!?　つーか、それは先に言えよ！」

安堵も束の間、朝霞はつい雇い主に文句を言ってしまった。

「もちろん、いつでも勝手にというわけにはいきませんが、事前に言ってもらえれば。なんでしたら、今から外出していただいてもいいですよ。せっかくここまで来ていただいていますし」

「いいんですか？　あ、でも、あの子の世話は……」

「二、三日なら構いませんよ。食事の世話程度なら、ロボットでも可能ですし」

「え？　ちょっと、待って？　だったら、私が料理を頑張ってたのは……」

レシピ本を見ながら、なんとか頑張り、ようやくそれなりに作れるようになってきたところだった。

「ロボットが料理を作るのって、味気なくないです？　料理は愛情みたいなこと言いますし」

「ぜんぜんおっけーだよ！　何なんだよ！　つーか、それも先に言ってください！」

「いやー、どうせすぐに死ぬか辞めるかすると思ってたんですよ」

「さらっと怖いこと言わないでくださいよ！　って、えええぇ!?　辞めるって選択肢もあるわけなんですか！」

「デリケートなお仕事ですから、嫌々やっていただいても効率が悪いですしね」

「え、その、なんていうのか、奴隷契約みたいなのにサインさせられたのかと……」

「あれは、死んでも文句を言いませんという念書に過ぎませんよ？　ま、あなたが使えるとわかったわけですし、できれば続けてもらいたいと思っていますから、このように説明をしているわけです。何かご不満な点は逐次おっしゃってください。善処させていただきますので」

「……じゃ、その、ちょっと休みください……」

とりあえず三日の休みを取り、朝霞は外出することになった。

＊＊＊＊＊

朝霞が目を覚ますと、見知らぬ部屋だった。

「え？　ここ……どこ？」

地下の村にある屋敷でもないし、自分の家でもないし、宿泊したホテルでもない。

ここはベッドだけが置かれた、白く狭い部屋だった。朝霞は簡素なベッドの上で目を覚ましたのだ。

「んんんん？」

朝霞は首をかしげて、寝る前のことを思い出す。

午前中に研究所から車で駅まで送ってもらい、そこから新幹線で都会へと出た。

移動中に方々へと連絡を取った。

メールを確認してみれば、大量の未読が溜まっていたのだ。

就職先が突然に決まったこと。研修が忙しく連絡をする暇がなかったとの言い訳を送信し続けた。

実家にも久しぶりに連絡した。

元々頻繁に連絡を取っていたわけでもないので、家に帰っていないことをおかしいとは思われていなかったらしい。就職先は決まったが、続けられるかはまだわからないとだけ伝えておいた。

街に着いた後は、昼食を食べにいった。お金はあるのでここは豪勢にいこうと、鉄板焼きの店に行ったのだ。

分厚い肉の塊を堪能したあとは、ショッピングに出かけた。

五百万は使い切る勢いだった。汗水流してまっとうに稼いだという気がしなかったのだ。要はあぶく銭だ。そして、あぶく銭をちまちまと残すような考えを朝霞は持っていない。

なので憧れてはいたけれど、まさか買えるはずなどないと思っていたバッグに手を出すことにした。

警備員が入り口にいるような店でバッグを買うのだ。そうなると、リクルートスーツで行くわけにもいかないだろう。

なので、まずはその店に見合うだけの格好をしてからということになる。

午後の時間はほとんどを服、靴、時計などの買い物に費やした。

満を持してあこがれのバッグを買い、残りのお金でシティホテルのスイートルームに宿泊して、そして、気付けばこんな何もない部屋にいたのだ。

「うん、わからん！」

つまり寝ている間にここに連れてこられたらしい。服もベッドに入った時に着ていたパジャマのままだった。

「ああ！　私のバーキンは!?」

着の身着のままだった。つまり、あれこれと買った物がここには何もない。

「って、バッグの心配してる場合じゃない！」

慌てて体を探ってみる。怪我などもないし、何かをされたような感じはしない。だが、年頃の女としては、これは相当にまずい状況だろうと思われた。

「攫われた……ってこと？」

ならば組織的な犯行だろう。ホテルで寝ているところを攫うなど個人でできるわけがないからだ。

そして攫われたのなら、心当たりは一つしかなかった。

「あの、研究所関連。つまりあの子に関わったから……」

『その通りですよ、高遠朝霞さん』

どこからか女の声が聞こえてきた。

『危害を加えるつもりはありませんのでご安心を。少々お話を聞かせていただきたいだけですので』

「いやいやいや、どの口で言ってんの？　これ拉致監禁でしょ？」

『見解の相違でしょうね。私どもとしましては、あなたを救出した、とも考えているんですが。まあ、もう手遅れとも言えるんですけどね。それならそれで、死ぬ前に有用な情報を提供していただいて、世界を救う一助となっていただければ』

「えーと、何なの？　さっぱり意味がわかんないんだけど。てかさ、何か人違いとかしてないですか？」

おそらくは無駄だろうが、朝霞はしらばっくれた。

『いえ、レベルＣ職員であることは確認済みですから、間違いはないですよ。職員のリストは入手済みです。内部への警戒は厳重のようですが、外部からのハッキングに対してはずさんでしたね。あとは、誰か該当者が研究所から出てくるのを待てばいいわけです』

「いや、当たり前にレベルＣだからって言われてもさ」

職員にレベルがあるのだろうか。あってもおかしくはないが、朝霞は自分のレベルなど知らなかった。

『ご存じない？』

「だから！　どいつもこいつも、なんでもかんでも知ってる前提で話すのやめてくんない!?」

『おかくしさま。そちらではＡΩ《アルファオメガ》と呼ばれているようですが、それに一度でも見られたことのある者がレベルＣということになっていますよ。そちらでは』

「……それが何なの？」

確かに研究所に勤めてはいるが、だからどうしたとしか言いようがない。

『あら、そんなことも知らせずにあれの前に立たせるとはずいぶんとひどい仕打ちですね。おかくしさまは、一度見たことのある者はいつでも好きな時に殺せるのですよ？』

「は？　……え？」

まさかと思いつつも、思い当たる節はあった。研究所の人間は極端なまでに夜霧を避けていた。それはつまり、夜霧に姿を見られたくなかったということだ。

『どちらが悪かなどこれで自明でしょう？　私どもは界滅の危機を阻止するべく、災厄を破壊し、封印する組織なのですから』

何のことやらよくわからないが、かなりまずい事態に巻き込まれてしまっていることだけはわかる朝霞だった。

＊＊＊＊＊

「ねえ、朝霞さんはどこ？」

夜霧が、台所にいる人型作業機械に訊く。

「高遠朝霞さんは休暇中です」

「そう」

これで何度目なのか。人型作業機械は、いつも同じ答えしか返してこなかった。

夜霧は居間に戻った。

退屈だった。

以前はそうではなかったのだ。自分が何なのかもよくわかっておらず、ただ漫然と時を過ごしていたはずなのだが、もうそのころのことはよくわからない。

居間はたくさんのものであふれていた。

朝霞が持ち込んだものばかりだ。

テレビ、ブルーレイプレイヤー、ゲーム機、本棚、漫画、教科書、エアロバイク、ダンベル、ボードゲーム、知恵の輪、変身ベルト、魔法のステッキ、人形、プラモデル、筆記用具、虫取り網、水槽、犬、ハムスター、観葉植物。

それらは朝霞が手当たりしだいに要請したものだった。ほとんどの申請が通ったらしく、荷物が届くたびに大げさに騒いでいたことを夜霧は思い出す。

夜霧はちゃぶ台の前にすわり、教科書をぱらぱらとめくった。小学校の教科書だがもう終えてしまっているので、特に読むべき部分もない。

ゲームは勝手にやってはいけないと言われているのでできないし、ここにある漫画は全て読んでしまっていた。

シェットランド・シープドッグのニコリーが夜霧のそばに寄ってくる。なでてみれば、多少心が癒やされたが退屈なことには変わりなかった。

「朝霞さんはいつ帰ってくるんだろうね。お前も寂しいだろ？」

「わん！」

寂しいのだろう。夜霧は勝手にそう思うことにした。

ニコリーと遊んでいると、人型作業機械が昼食を持ってきた。

よくできているはずなのになんだかおいしいとは思えない。そして、夜霧は朝霞が来るまで一人で食べていたことを思い出した。前任者たちも料理は作っていた。だが、できた料理を持ってくるとそそくさとどこかに行ってしまっていたのだ。

やはりつまらない。そう思った夜霧はニコリーに話しかけた。

「ちょっと待ってて。朝霞さんを捜してくるよ」

「わん！」

そう決めた夜霧は早速行動を起こした。外に出て作業機械を探す。農作業をしている個体がいたので、声をかけた。

「ねえ、朝霞さんはどこに行ったの？」

「高遠朝霞さんは休暇中です」

いつもと同じ答えだ。だが、夜霧はさらに訊いた。

「どこにいるかを訊いてるんだよ」

「存じ上げません」

「じゃあ知っている人を教えてよ」

すると、作業機械は固まった。それがどんな思考経過を経たのかはわからない。だが、結局は答えを口にした。

「研究所員が知っていると思われます」

「じゃあ、研究所員がいるところに連れていって」

「了解いたしました」

作業機械は農作業の手を止め、夜霧を案内するべく歩きだした。

後を付いていけば、そこは村外れだった。

この小さな世界の果てだ。そこから先にも道が続いているように見えるが、それは見た目だけのことだ。実際には壁があり、そこに扉がある。

「どうやったら開くの?」

「内側から開くことはできません。管制室で制御されています」

どうしたものかと夜霧は考えたが、答えはすぐに出た。

あたりを見回す。夜霧はすぐそれに気付いた。何かが自分を見ているのだ。それに気付けば後は簡単だ。夜霧はそちらを見た。

何かが驚いたことが伝わってくる。

「ここを出たいんだ。開けてよ」

開けてもらうしかないのなら、そう頼めばいい。

しばらくして、扉が開く。実に簡単なことだった。

＊＊＊＊＊

主任研究員である白石行雄《しらいしゆきお》が警備員を引き連れて管制室に辿り着いた時、事態は混迷を極めていた。

職員の一人が、村を封鎖している扉のロックを開けてしまったからだ。

そして、それだけに留まらず、ＡΩ《アルファオメガ》の歩みに合わせて扉を開け続けている。異常事態だった。

職員が乱心して、ＡΩ《アルファオメガ》を外に出すようなケースなど想定されていなかったのだ。そんな場合のマニュアルなど用意されておらず、対応は後手に回っていた。

若い女性職員は一心不乱にコンソールの操作を行っている。時折、ＡΩ《アルファオメガ》の声が聞こえてきて、女は馬鹿のように素直にそれに応えていた。

女の周囲には、止めにはいったのであろう他の職員たちが倒れている。

「……あの端末をロックすることはできないんですか？」

行雄は様子を見守っている職員に訊いた。

「できますが……できません。邪魔をすればああなるんです！　あなたにはできるって言うんですか！」

「あれはＡΩ《アルファオメガ》が？」

倒れている職員に外傷は見当たらないし、操作している女性職員は特に体格に優れているわけでもない。なのに、彼女の周りには何人もの職員が倒れている。おそらくは死んでいた。

「はい。彼女が、止めにはいった職員を見ただけで、倒れてしまったんですよ！」

「まさか……そんなことが……」

行雄は呆然となった。こんなことができるというなら、地下に閉じ込めておくことになど何の意味もない。あれは、いつでも、出ようと思えばここを出ることができたのだ。

「君、拳銃は持っているか？」

行雄が警備員に訊く。

「はい。ですが」

「緊急事態だ。責任は私が取る。彼女を撃て」

警備員が緊張を見せる。だが、ここはただの研究施設ではない。こんな事態もありえることは想定して銃の携帯をさせているのだし、訓練もさせていた。

警備員が拳銃を女性職員に向ける。そして、撃つことなく倒れた。

「お手上げだね。こんなことまでできるとは想定外だ」

行雄は匙《さじ》を投げた。こんなものどうしようもない。研究施設の自爆も考えたが、おそらくは実行しようとした時点で殺されてしまうのだろう。

彼の目的はわからないが、村を出て上に上がってこようとしていて、その邪魔をすることは誰にもできないのだ。

しばらくして、ＡΩ《アルファオメガ》がやってきた。これで、この管制室にいる人間すべてが、ＡΩ《アルファオメガ》に見られた、つまりレベルＣの扱いとなる。

そして、それの意味することが従来考えられていたよりも、幅広く、もっと危険に満ちたものであることを、行雄は自覚した。

先ほどの事態からすれば、ＡΩ《アルファオメガ》は一度見た人間を通じて能力を行使することも可能なのではないか。だとするならば、世界の危機は想定以上に現実のものとして、すぐそこにあることになる。

「ねえ。朝霞さんはどこ？」

「休暇を取って外出中です」

行雄が代表して答えた。

「いつ戻ってくるの？」

これも想定外だった。まさか、朝霞にここまでの執着を持つようになるとは思ってもみなかったのだ。これはある意味成果があがっているということなのかもしれないが、だからといって喜んでもいられない。

「もう戻ってはきません」

行雄は正直に言った。朝霞が機関にとらわれたことは把握していたのだ。そして、研究所が彼女を見捨てる決断をしたことも知っている。何がなんでも取り戻さねばならないほどの価値は彼女にはないと判断されたのだ。

「なんで？」

「……攫われました。生きているかもわかりません」

ＡΩ《アルファオメガ》がぽかんとした顔になる。こうして見てみればただのあどけない子供にすぎなかった。

「助けにいかないの？」

「それは……」

この研究所に外に打って出るほどの武力はない。関連する部署に助けを求めるとしても相手が悪かった。

朝霞を攫った相手は世界規模の機関で、日本政府が直接手出しできない場所に本拠を構えているからだ。

「じゃあ僕が助けにいくよ。どこにいるのかはわかる？」

「……あなたにはわかるんじゃないんですか？」

一度見た人間の居場所ならわかるのではないか。そう思ったのだが、夜霧の様子からすると、そうとも限らないらしい。

「マサキさんの時に、すごく怖がられたんだ。だから朝霞さんにはしてないよ。多分、そんなことをしちゃだめって怒ると思う。だからここでしたことは朝霞さんには内緒にしてね」

そう言って夜霧が微笑む。

逆らうことは、誰にもできなかった。

＊＊＊＊＊

それは真正面からやってきた。何の作戦もないのだろう。ただ、目的地に向かっているというだけの動きにしか見えなかった。

白装束を着た、まだ幼い少年だ。

その少年が、基地内にある施設にやってきたのだ。基地のゲートから施設までの間、少年はまさに無人の野を行くが如しだった。

もちろん、警備をしていた兵士たちは止めようとしたが、ことごとくが殺された。

「ねえ。朝霞さんはどこ？」

少年は一人一人に訊いていく。答えなければ殺される。そして少年を攻撃をしようとしただけで死ぬ。

この基地内に機関の施設があることは極秘だが、こんなバケモノを相手に機密を守ることにどれほどの意味があるのか。彼らが折れてしまったのは仕方のないことだろう。

施設の入り口は当然関係者以外通れないようになっている。また、内部はいくつものエリアに分かれていて、厳重なセキュリティが施されていた。

だが、少年の前にそれらは何の障害にもならなかった。最高の電子的セキュリティも、物理的に分厚い扉も、少年を遮ることはできなかったのだ。

「ま、クラス3程度でも、ただの兵士じゃどうしようもないでしょうね」

巫女装束の女が、制御ルームのモニターを確認している。

「見られたら死ぬって？　この世界、そんなの珍しくもなんともないぜ」

そう言うのは、カソックを着た神父風の男だ。

「魔眼の類かね。ま、単純な話、見られるまえに殺《や》っちまえばいいってこったろ？」

こちらは、スナイパーライフルを手にした兵士で、装備の点検に余念がない。

だが、彼らに活躍の機会などない。

彼らも少年にとっては、路傍の石ころに過ぎないのだ。歩いていて、足の先に当たればはねのける。その程度の存在に過ぎなかった。

＊＊＊＊＊

朝霞はベッドに寝転んでぼうっとしていた。

何もないここではすることもないのだ。尋問のようなことが行われ、全て包み隠さずに答えた。

機密保持契約的には問題ではあるのだろうが、こんな状況で契約も何もない。自分の命が最優先だった。

もっとも、朝霞が知っていることなど相手もほとんど知っていたようで、落胆を隠してもいなかった。

知っていることは全部話したのだから帰してくれとは言ったが、それはもう少し待てと言われて現在に至っている。

正義の味方気取りなことを言っていたが、こんな非合法的な措置を簡単に行ったのだから、どこまで信用できるのかは疑わしかった。

ここを知ったからには生かしておけない。正義のために死ねと言われても不思議ではないだろう。

「あー、やっぱり、もっとちゃんとしたとこに就職すればよかったんだ……」

まさか就職先の選択ミスで、こんなことになろうとは夢にも思わなかった朝霞だった。

「夜霧くんどうしてるかなぁ」

こんなことになった原因でもある少年だが、朝霞には彼を批難する気はまるでなかった。夜霧はわけのわからない研究の被害者だろうと思っているからだ。

それに研究所の人間は彼をバケモノ扱いしているが、朝霞には素直で純朴な少年としか思えなかった。

ベッドから立ち上がり体を伸ばす。さすがにいつまでもこうしてもいられないので、なんとかならないかとあたりを見回した。

めぼしい物はベッドが一つ。扉は二つぐらいだ。

扉の一つはバスルームに繋がっているが、中に窓の類はないのでそこから脱出するのは無理だろう。

もう一つの扉は、廊下に繋がっているが、鍵が掛かっていて内側からは操作できなかった。

扉を無理矢理破ることは不可能だろうし、監視カメラがあるだろうから、試行錯誤していてはすぐにばれてしまうだろう。

「ま、どうしようもないわけなんだけど――」

朝霞はすぐに諦めた。これは努力や機転でどうにかなる問題とは思えなかったからだ。なのでとりあえずはベッドに腰掛けようとして、そこで何かが聞こえた気がした。

ドアに耳を押し当てて外の様子をうかがう。

何やら慌ただしい雰囲気がしていた。

走り回る音、何かがぶつかるような音、悲鳴、銃声、爆発音。

いつのまにか、外は無視できないほどの騒音であふれていた。何かが起こっているのは間違いないだろう。

「んー、もしかして、逃げ出すチャンスが、みたいな?」

まさかとは思いつつも微かな希望を抱いていると、突然ドアが乱暴に押し開けられた。

入ってきたのは女だ。そして、その女はいきなり銃口を朝霞へと向けた。

「へ？」

朝霞を尋問した女だった。

わけがわからず混乱していると、女は朝霞の背後に回り込み、こめかみに銃口を押しつけてきた。

「ちょっと！　何なんですか、これ！　危害を加えるつもりはないって言ってましたよね！」

「黙ってて！」

「ぐえっ」

女が片手を、朝霞の首に回して締め付けた。

「このままついてきて」

「いや、ついてきてって言われても、こんなんじゃろくに歩けない――」

「朝霞さん！　やっと見つけた！」

すると、白装束の少年があらわれた。その姿は見間違えようがない。地下の施設で待っているはずの高遠夜霧だった。

夜霧は朝霞に会えてよほどうれしいのか、満面の笑みを浮かべている。

「え？　夜霧くん、なんでここに、ぐえっ！」

乱暴に締め上げられて、朝霞のうめき声が漏れた。

「いい？　そのまま何もしないで。動けばこの女が死ぬわ！」

女がぐりぐりと銃口をこめかみに押しつけてくる。気付けば朝霞は、人質にされてしまっていた。

「ちょ、痛い痛い！　ちょっと待ってってってば！　いったい何が！」

「あんたからも言いなさい！　じっとしてろってね！　じゃないと、死――」

女の言葉はそこで途切れ、ずるりと崩れ落ちる。

夜霧が近づいてきて、朝霞に抱きついた。

「何がどうなってんの？」

次から次に何が起こっているのか、朝霞にはまるでついていけなかった。

「帰ろうよ。ニコリーも待ってるよ」

「え、てか帰っていいの？」

「うん。迎えにきたんだ」

夜霧が手を繋いでひっぱる。ついていくと、廊下には武装した兵士たちが倒れていた。

「これって……」

死んでいる。そして、これは夜霧がやったのだとすぐに悟った。

そして、今も死につづけている。

廊下の陰から兵士が倒れ出てきた。階段室に入れば人が上から落ちてくる。地上に出れば少し先で何かが爆発していた。

指揮系統が混乱しているというのもあるかもしれないが、彼らにも面子があるのだろう。それに、相手が何者かをまるでわかっていないのだ。

「夜霧くん……」

止《や》めろと言うのは簡単だろうし、もしかすれば言うことを聞いてくれるのかもしれない。だが、その場合は二人とも死ぬだけだ。もう話し合いですむ段階はとっくに過ぎてしまっている。

夜霧と朝霞の二人は、出口までまっすぐに歩いた。

朝霞たちが悪いわけではないだろう。こちらは被害者で、拉致されて、救出されただけだ。

だが、惨憺たる基地の被害を目の当たりにした朝霞は、自分のためにここまでしなくてはならないのかと、そう考えてしまった。

夜霧が恐ろしい。朝霞は、初めてそう思った。

＊＊＊＊＊

基地の外に出た後は何事もなかった。

研究所が用意していた車が待っていたので、それに乗り込んで連れられるがままに移動する。またもやどこかの基地に辿り着いたようだが、そこからはヘリでの移動で、あっというまに研究所に戻ってくることになり、地下の村への移動もすぐのことだった。

「ただいまー」

屋敷に戻ると、犬のニコリーが飛びついてきた。

「あー、夜霧くんは、居間でニコリーと遊んどいて」

「うん」

ニコリーを連れて夜霧が先に行く。

「で、どうなるんですかね」

朝霞は家には入らずに、一緒に来ていた研究員、白石行雄と共に庭の外れへと移動した。行雄も今さら夜霧から逃げ隠れするのは無駄だと思い、ここまで付いてきたらしい。

「おそらくはどうもならないでしょうね。図らずも、ＡΩ《アルファオメガ》の実力を見せつけてしまった形になりましたし。あちらとしても、対抗手段を見出すまでは抗議すらできないでしょう」

「え、あの事態がおとがめなしってことになるんですか？」

「まあ、ＡΩ《アルファオメガ》のしたことについては、誰にもどうしようもないですし」

「その、私は？」

「いや、まあ、申し訳ないんですけど、さすがに今さら辞めてもらうわけにもいかなくなりましたよね、あはは」

「あはは、じゃねーよ！」

「ま、実際のところ、ＡΩ《アルファオメガ》については現状、どの陣営もどうすることもできないということが今回あらためてわかりました。まあ、もともと地下で管理するというのは気休めでしかなかったんですけどね。今回の顛末が広まれば、今後はそうそう高遠さんを狙おうという者はいなくなるでしょう」

「……それなんですけどね。私が狙われるかもしれないって、わからなかったんですかね？」

もしかして、今回の事態は何者かが仕組んだことなのかもしれない。なんとなく朝霞はそう思ったのだ。

「いやあ、さすがに高遠さんのような下っ端職員にまで手が伸びるとは思わなかったんですよね。今後は護衛を付ける等の対策は行うようにしますので。職場環境についても改善は進めていくつもりですよ。それで、どうです。続けるお気持ちは？」

「え？　やっぱり辞めてもいいんですか？」

「辞めてほしくないというのが本音ではあるんですけどね。ですけど、辞めたいというあなたを無理に引き止めると、ＡΩ《アルファオメガ》が何をしでかすかわからないという懸念があります。つまり、我々はあなたに対しても下手な動きは取れないことになってしまったんですよ」

「ずっと続けるかはわかりませんけど、今辞めるっていうのはないですよね」

朝霞はちらりと屋敷を見た。居間では夜霧がニコリーと遊んでいた。

夜霧は危うい。今のままのあの子を放っておいては、さらにとんでもないことをしでかしかねなかった。あの子をまともな人間にするためには、まだまだ教えなければならないことがたくさんあるだろう。

朝霞は夜霧を怖いとは思った。けれどそれ以上に、可哀想だとも思ったのだ。

だから、自分にどこまでできるかはわからないが、できる限りのことをしてあげようと、そう強く思った。

「朝霞さん！　ゲームしたいんだけど！」

庭にいる朝霞を見つけた夜霧が呼んでいる。

「すぐ行くよー。じゃあ、私はこれで」

朝霞は行雄と別れて縁側へと向かった。とりあえずの問題は解決できたようだし、ほっと一安心というところだった。

「ん？　けど、何か忘れてるような……あぁっ！　私のバーキン！」

初任給で買ったあれこれを、全て忘れてきた朝霞だった。

あとがき

お買い上げ、まことにありがとうございます。

2巻を買ってくださったということは、1巻も買ってくださっているのだと思いますし、そのおかげで2巻を発売することができました！　本当にありがとうございます。

この調子で続きを出せればと思っておりますので、面白いと思った方は広めていただけると大変助かります。下世話な話でして、読者の方には全然関係がないことなのですが、続きを出すには売上が必要なのです。どうぞよろしくお願いいたします。

で、あとがきですね。

本を出すごとに書くことがなくなってきて困っているわけですが、今回はあとがきに書くネタがちょっとはありますので、それから書こうと思います。


1巻の発売時に、発売記念雑魚敵募集をツイッターにて行いました。

告知から抽選までがぐだぐだで、そのあたり申し訳なかったと思っておりますが、とにかく当選者は決定いたしました。

・鹿角フェフさん
・白さん

の二名です。おめでとうございます。早速この巻に登場して、すみやかに殺されていますので、ご確認ください。

そうそう、鹿角フェフさんは『僕の妹はバケモノです』などの作品を書いておられる作家さんなんですよ。

って、知り合い当選させてんのかよ！　と思われるかもしれませんが、応募者が四人しかいなかったんだから仕方ないじゃないですか！

これは厳正な抽選《サイコロソフト》の結果なのです。


と、こんな企画で遊んでいたりするわけですが、ツイッターなんて知らないけど、私も応募してみたい。

そんな方がおられるかもしれませんので、お手紙でも募集してみたいと思います。

3巻以降に登場する雑魚敵の募集です。

そう、これが今回の秘策です。あとがきに抽選企画の応募要項を載せれば、それだけでかなりの文字数が稼げるのです！　そして、次巻以降も、いやあ、まったく応募がありませんでした（笑）みたいなことでしばらくはなんとかなるのです！

では応募要項です。左記を書いて応募してください。

①登場させたいキャラの名前
②設定などあれば１４０文字ぐらいまでで書いてください。無理に書かなくてもいいです。

締め切りは特にないですが、その時書いてる巻に間に合うぐらいのタイミングで抽選を行います。
当選は２～３名の予定ですが、これは話の都合で増減いたしますので、ご了承ください。

宛先はこちらです。
〒１０７―００５２
東京都港区赤坂２―14―5　Daiwa赤坂ビル５階
アース・スターノベル編集部　藤孝剛志

注意事項です。
・公序良俗に反する名前、他作品のキャラを想起させるものは対象外とします。
・あまりに世界観からずれるキャラも対象外です。ちゃんと本編を読んで考えてね。
・宇宙破壊光線を放って世界を滅ぼすとか言われても困るので、対象外ですよ。
・つまり本編に出てこられそうなのにしてください。
・本編を読んでいただければわかりますが、かなりしょーもない死に方をすると思いますので、ご了承ください。〝一言も喋らずに死ぬ〟〝出て来た瞬間に死ぬ〟〝主人公に会うことすらなく殺される〟などがありえます。
・設定をイラストで説明したいって方は一緒に付けてもらってもいいです。

こんなところでしょうか。

3巻からは、クラスメイトが出てきたり、モンスターが出てきたりするので、そのあたりを想定して応募してもらってもいいかもしれません。

ついでにファンレターみたいなのを書いてくださってもまったく問題ありませんので、ご応募のほどよろしくお願いいたします。

と「ファンレターください」ってあとがきに書いておけば、結構もらえるものだと聞きましたので、書いてみました。私、十冊ぐらい本を出してますが、まだ一度ももらったことがありません。

あと、WEB版との違いを書いておきますと、
・幕間追加。レインの分身と、ユウキの親衛隊をやっていたエウフェミアさんの話です。
・番外編の書き下ろし。一巻の番外編の続きです。
・わかりにくい設定の整理や、説明不足な点の追記。
・校閲、校正による修正。
などです。ストーリーの大筋は変わっておりません。


ということでページ数は稼げたでしょうか。

では謝辞です。

担当様、今回もギリギリな感じで申し訳ありませんでした。

イラスト担当の成瀬ちさと様。今回も素敵なイラストをありがとうございます。ツイッターでは、1巻発売カウントダウンイラスト投稿を十日連続でやっていただき、本当に感激しておりました。足を向けて寝られないってこのことだと思います。

このカウントダウンイラストは成瀬先生のpixivで見ることができますので、未見の方はぜひ一度ごらんください。楽しいイラストばかりですよ。

で、3巻ですね。

1巻の売上状況からすると、2巻で極端に売上が下がらなければ出せるでしょうと聞いておりますので、たぶん出るとは思うのですが、予断は許しません。

ぜひとも応援よろしくお願いいたします。できれば3巻でお会いできればと思います！

藤孝　剛志

おっと…

こんにちは、イラスト担当の成瀬ちさとです。
今回も楽しくイラスト描かせていただきました。

夜霧と縁の深い人同士ながら、本編では接点のない二人。
気が合いそうな気もするし、混ぜるな危険な感じもしますが、
はたしてこの先、二人が顔を合わせることはあるのでしょうか……。

転生したらドラゴンの卵だった

～最強以外目指さねぇ～

猫子 Necoco

ILLUSTRATION NAJI柳田

異世界転生してみたら“卵”だったけど、
〚最強〛目指して頑張りますっ!

目が覚めると、そこは見知らぬ森だった。どうやらここは俺の知らないファンタジー世界らしい。

周囲を見渡せば、おっかない異形の魔獣だらけ。

自分の姿を見れば、そこにはでっかい卵がひとつ……って、オイ! 俺、卵に転生したっていうのかよっ!?


魔獣を狩ってはレベルを上げ、レベルを上げては進化して。

人外転生した主人公《イルシア》の楽しい冒険は今日も続く――!

7500万PV超の
大人気人外転生
ファンタジー!!
最新刊!
転生したらドラゴンの卵だった ~最強以外目指さねぇ~ 1 猫子 NAJI柳田
転生したらドラゴンの卵だった ~最強以外目指さねぇ~ 2 猫子 NAJI柳田
転生したらドラゴンの卵だった ~最強以外目指さねぇ~ 3 猫子 NAJI柳田
転生したらドラゴンの卵だった ~最強以外目指さねぇ~ 4 猫子 NAJI柳田

EARTH STAR NOVEL

即死チートが最強すぎて、異世界のやつらがまるで相手にならないんですが。 2

発行 —— 2017年2月15日　初版第1刷発行

著者 —— 藤孝剛志

イラストレーター —— 成瀬ちさと

装丁デザイン —— 山上陽一＋内田裕乃（ARTEN）

発行者 —— 幕内和博

編集 —— 半澤三智丸

発行所 —— 株式会社 アース・スター エンターテイメント
〒107-0052　東京都港区赤坂 2-14-5
Daiwa 赤坂ビル 5F
TEL：03-5561-7630
FAX：03-5561-7632
http://www.es-novel.jp/

発売所 —— 株式会社 泰文堂
〒108-0075　東京都港区港南 2-16-8
ストーリア品川 17F
TEL：03-6712-0333

印刷・製本 —— 図書印刷株式会社

ISBN 978-4-8030-1000-8